ARTIST
CHUNG HEESEUNG

현대문학 ✕ 아티스트
정희승

〈현대문학 핀 시리즈〉는 아티스트의 영혼이 깃든 표지 작업과 함께 하나의 특별한 예술작품으로 재구성된 독창적인 소설선, 즉 예술 선집이 되었다. 각 소설이 그 작품마다의 독특한 향기와 그윽한 예술적 매혹을 갖게 된 것은 바로 소설과 예술, 이 두 세계의 만남이 이루어낸 영혼의 조화로움 때문일 것이다.

정희승 1974년 서울 출생. 홍익대 회화과 졸업. 런던컬리지 오브 커뮤니케이션London College of Communication 사진학과 학사와 석사과정 마침. 삼성미술관 리움, 서울시립미술관, 아트선재센터를 비롯한 국내와 뉴욕, 런던 등지에서 수차례 전시 개최. 〈송은미술대상 우수상〉〈박건희문화재단 다음작가상〉 등 수상.

Untitled, 2013, Archival Pigment Print, 56×74cm
© Chung Heeseung

벚꽃의 우주

김인숙

벚꽃의 우주

김인숙

장편소설

PIN

013

차례

PIN

013

벚꽃의 우주

김인숙

1

　오랜 후, 미라는 반복해 생각해보곤 했다. 그때 자신에게는 혹시 다른 선택이 있지는 않았을지. 후회는 아니었다. 누군가는 어차피 죽게 되어 있었다. 어떤 선택을 했더라도 말이다.

2

눈을 감으면 벚꽃이 흩날리는 게 보였다. 오래
전 그때, 미라네 집 바로 앞에는 벚나무 두 그루
가 있었다. 바람이 불면 바람이 부는 게 아니라
벚꽃이 부는 것 같았다. 온 세상이 하얗게 덮이다
가 연붉게 물드는 날들. 미라는 난분분이라는 말
을 배웠는데, 그 말이 가슴속에서도 뭔가를 흔드
는 것 같았다. 난분분 난분분 흔들리던 열네 살
의 봄, 엄마는 결혼을 앞두고 있었고, 미라와 엄
마 그리고 엄마의 남편이 될 사람은 삼총사처럼
붙어 다녔다. 자장면이 맛있다는 집에 가서 자장
면과 탕수육을 먹고, 바다를 보러 가고, 읍내의

대형 마트에 가서 장을 보았다. 그때까지 한 번도 자기 집 차를 가져본 적이 없었던 미라는 엄마의 애인이 모는 차를 타고 다니는 드라이브에 완전히 빠져 있었다. 열네 살이었고, 엄마의 데이트에 눈치 없이 끼어들 나이가 아니라는 것 정도는 알고 있었지만, 집 밖에서 클랙슨 소리가 울리기만 하면 마음보다 몸이 먼저 달려 나갔다. 봄이었고 맑고 따듯한 날들이 이어지고 있었다. 미라는 차 창을 열고 그 창에 턱 끝을 얹은 채 창문 밖으로 난분분 지나가는 풍경들을, 그 풍경들이 지나가는 속도를 홀린 채 바라보았다.

1994년이었다. 역사적인 폭염이라는 수식어가 붙게 될 그해 여름은 아직 다가오기 전이었다. 호수의 수면으로 물고기들이 배를 드러낸 채 떠오르고, 축사의 가축들이 점액질처럼 바닥에 달라붙어 마지막 숨을 헐떡이게 될 그 여름, 노인들이 더위를 못 이기고 여기저기서 숨을 놓게 될 그해 여름, 뉴스에서는 폭염으로 인한 사망자 수를 보도하게 될 것이다. 그러나 아직은 봄이었고, 폭염이 몰려올 기미는 어디에도 보이지 않았다. 늦추

위가 몰아닥쳤던 3월의 생일에 미라는 장갑과 목
도리까지 하고 꽁꽁 언 벚나무 아래에서 사진을
찍었다. 엄마의 애인이 찍은 그 사진을 미라는 보
지 못했다. 그 사진을 떠올리면 하얀 입김만 떠오
를 뿐이다. 하나 둘 셋 할 때마다 그의 입가에서
안개처럼 번져나가던. 그래서 흐릿해져가던 그의
얼굴이.

　미라는 엄마의 애인을 '천문대'라고 불렀다. 천
문대에서 일을 하는 사람이라고 해서 그랬다. 대
놓고 그에게 '천문대 씨'라고 부르지는 않았지만,
엄마에게 그를 지칭해야 할 때는 그렇게 했다. 천
문대는 언제 와? 천문대랑 어디 갈 거야? 천문대
랑 신혼여행은 얼루 가? 근데 천문대는 천문대에
서 별도 봐? 달도 보고 별도 보는 거야? 엄마의
애인은 천문대에서 별이나 달을 관측하는 대신
숙소 관리를 하고, 마당을 관리하고, 창고도 관리
하고, 전기 설비도 관리한다고 했다. 말하자면 '온
갖 것'을 다 한다는 것인데, 언뜻 학교 수위 아저
씨가 떠올랐지만 천문대의 수위라면 시골 학교의
수위보다는 훨씬 더 전문직일 것 같았다. 나중에

야 알게 된 사실이지만 그는 천문대의 엔지니어였다. 낮은 직급이고, 엔지니어라고 해서 그 일만 했던 것은 아니지만, 그렇더라도 잡무직이 아닌 것만은 사실이었다. 처음부터 그 사실을 알지 못했던 것이 다행이었다. 한동안 미라는 엄마의 애인이 혹시 사기꾼이거나 개자식일까봐 경계했었는데, 만일 천문대의 직업을 처음부터 알았더라면 오히려 미친놈이거나 바보일 가능성을 더 많이 걱정했을 것이다. 애 딸린 시골 구멍가게 과부한테 홀리는 천문대의 엔지니어라니. 말이 안 되는 얘기였다.

그때 미라와 엄마가 살고 있던 집은 호수를 낀 산자락에 있었다. 천문대는 그 산꼭대기에 있다고 들었다. 미라는 가본 적이 없었다. 산이 웬만한 어른도 작심을 하고 올라가야 할 정도로 높은 악산이었고, 길도 험로였다. 차로가 있기는 했으나 겨울에는 폐쇄가 되고 여름에는 낙석으로 인해 툭하면 막히기 일쑤인 길이었다. 겨울이면 천문대 직원들이 무거운 짐을 잔뜩 짊어지고 노새처럼 산을 걸어 올라가는 풍경을 자주 볼 수 있었다. 한번 올라간 사람이 다시 내려오는 걸 본 적은 없었다. 봄이 된 후에야 내려왔거나 내려왔다 다시 걸어 올라가느니 그냥 평생 거기 있겠다고 결심했거나 둘 중의 하나였을 터인데, 아무래도 후자 쪽의 가능성이 더 클 것 같았다. 미라는 그 천문대에 대해서는 교과서로만 배웠다. 우리나라에서 제일 큰 천체망원경이 있다고 했는데, 그 바로 앞 장에서 설명했던 세계 최대 천체망원경의 크기와 차이가 너무 많이 나는 바람에 다들 시시하게 여겼다.

'천문대'는 천문대에서 먹고 자며 일을 했다. 미라의 엄마를 만나기 전까지는 산 아래로 내려오는 게 일주일에 한 번도 안 됐었다고 했다. 천문대의 일이라는 게 원래 그렇다고 했는데, 그렇다는 게 무슨 뜻인지도 모른 채 미라는 고개를 끄덕끄덕했다. 어쨌든 별을 보는 일은 밤에 하는 일일 테니 그걸 관리하는 일도 밤에 해야 할 일일 거라고 여겼다. 엄마와 결혼을 한 후에는 천문대에게 밤에 해야 할 또 다른 일이 생길 터였다. 결혼식을 앞두고 미라네 집은 대대적인 수리에 들어갔다. 도배와 장판을 새로 했고 변기 옆에 샤워 꼭지만 하나 달랑 있던 욕실은 완전히 새로 짓다시피 했다. 욕조가 들어오던 날, 물을 틀자마자 욕실의 하수구가 역류를 했다. 배관을 다시 할 때까지는 욕조를 쓸 수가 없다고 했지만 미라는 빈 욕조라도 좋았다. 그날은 드라이브마저 마다하고 집에 홀로 남아 그 빈 욕조를 지켰다. 한동안은 욕조에 걸터앉아 들여다보고만 있었지만, 나중에는 그 빈 욕조에 들어가 눕기까지 했다. 눈을 감자 따듯한 물소리가 들렸다. 들리는 듯한 게 아니라 정말로 들렸다. 찰랑찰랑찰랑, 욕조의 물소리…… 온몸이 녹다 못해 하늘하늘 풀어질 듯이 따듯한 물소리…….

미라의 엄마는 구멍가게를 했다. 그야말로 구질구질한 구멍가게였다. 근방의 낚시터로 가는 사람들이 미라네 가게 앞에 차를 세우고 미끼와 떡밥 따위를 샀다. 컵라면과 부탄가스도 샀지만, 그래도 제일 많이 팔리는 건 미끼와 떡밥이었다. 살아 꿈틀꿈틀 움직이는 실지렁이를 미라는 주걱으로 푹푹 퍼서 팔았다. 엄마는 낚시터로 밥도 배달했다. 낚시꾼들이 잡은 고기로 매운탕도 끓여주고, 낚시꾼들에게 잡은 고기가 없으면 엄마가 잡은 물고기로 끓여주기도 했다. 한 마리도 잡지 못한 낚시꾼들이 살아 있는 물고기를 사 가는 경우도 있었다. 가게와 집에는 물고기투성이였다. 냉장고와 냉동고, 그리고 욕조 대신 욕실에 놓아둔 커다란 물통 안에도, 가게 앞 벚나무 아래 어망 속에도 물고기들이 가득가득하다 못해 넘쳐났다. 다 엄마가 잡아 온 것들이었다. 엄마가 그해봄에 잡아 오지 않았다면 그해 여름에 더운 호수물에 숨 막히고 데어 죽었을 물고기들이었다. 엄마는 그 근동에서 '아줌마 낚시꾼'으로 유명했다. 인심 좋은 사람들은 '예쁜 아줌마 낚시꾼'이라고했고, 그렇지 않은 사람들은 '과부 낚시꾼'이라고도 불렀다.

가게에는 아이스크림도 있고 초콜릿이나 과자같은 것도 있었다. 어떤 과자는 한자리에 1년, 2년씩도 있었는데, 미라가 한 번씩 유통기한을 확인해가며 전부 먹어치우지 않는다면 평생이라도 거기 있어야 할 것들이었다. 간신히 차 한 대가 들어올 수 있는 곳 마지막에 구멍가게가 있고, 그다음부터는 숲길이나 다름없는 길을 걸어 들어가야 낚시 포인트가 나오는 곳이었다. 어린아이들을 데리고 가족 낚시를 오는 사람은 없었고, 어쩌다가 잘못 찾아온 사람들은 그대로 차를 돌렸다. 이런 곳인지도 모르고 왔냐고 미라네 가게 앞에서 부부 싸움을 하는 사람들도 있었다. 가끔이나마 과자를 찾는 낚시꾼이 없는 건 아니었다. 그러나 가게의 과자들은 누가 보나 상태가 의심스러웠다. 아이스크림이나 초콜릿은 더했다. 메기맛 하드, 붕어맛 초콜릿, 쏘가리맛 초코칩…… 그런 걸 찾는 낚시꾼들은 없었고, 그걸 정기적으로 먹어치우던 미라는 점점 살이 찌다가 나중에는 60킬로까지 몸무게가 붙었다. 그때 미라의 키는 150센티미터도 되지 않았다. 천문대의 차 뒷자리에 올라탈 때마다 차가 쿵 하고 한쪽으로 기우는 느낌이 들었다. 아마도 열네 살 소녀의 자의식에 불과했겠지만, 계속해서 살이 찐다면 정말로 그런 일이 벌어지지 말란 법도 없었다.

그러나 그해 봄과 여름, 엄마를 보내는 과정이 너무나 고됐던 나머지 60.5킬로로 정점을 찍었던 미라의 몸무게는 급격히 줄어들었고, 나중에는 뼈만 남은 지경까지 되었다. 그나마 버틸 수 있었던 건 그동안 축적해놓았던 지방의 덕이었을 것이다. 미라는 자신의 몸무게, 자신의 지방, 자신의 살을 먹으면서 그해 봄과 여름, 그리고 가을을 버텼다.

교통사고였다. 차가 산길에서 전복되었는데 운전을 한 천문대는 멀쩡했고, 미라는 피가 조금 났고, 엄마는 세상을 떴다.

그러니까, 그때, 선택은 미라의 몫이 아니었다는 것이다. 그때 누군가가 죽어야 했다면 그게 엄마는 아니기를 바랐지만, 간절히 바라고 또 바랐지만, 바라는 대로 일이 이루어지는 건 아니었다. 소망하는 대로 선택을 할 수 있는 것도 아니었다는 것이다.

천문대에게는 산 위의 삶과 산 아래의 삶이 달랐다. 공기의 밀도도 달랐고 시간의 속도도 달랐다. 산에서 내려올 때마다 사람들 속으로 들어가는 게 아니라 더 깊고 더 울창한 숲으로 걸어 들어가는 기분이 들곤 했다. 도시는 더 끔찍했다. 건널목을 제때에 건너지 못할 때가 많았고, 버스는 흔히 놓쳤고, 멀쩡한 길에서 돌부리에 챈 듯 자주 비틀거렸다. 산에서 내려올 때마다 그는 점점 더 어찌할 바를 몰랐다.

산 아래 호수가 민물낚시로 유명한 곳이라는 걸 알게 된 후 천문대는 낚싯대를 샀다. 그리고 떡밥과 미끼를 사러 미라네 가게를 찾아왔다. 천문대에게 떡밥을 쓰는 방법, 미끼를 끼우는 방법을 알려준 사람이 엄마였다. 나중에는 낚싯대를 어떻게 던져야 하는지도 알려주었다. 이렇게요, 이렇게. 엄마는 피아노 선생처럼 천문대의 손가락 위치를 교정해주었다. 산에서 내려올 때마다 떡밥을 사러 오던 천문대는 점차 가게에서 컵라면도 먹고, 나중에는 냄비에 봉지라면을 끓여 먹기도 했다. 어느 날은 낚시꾼들에게 배달할 매운탕의 간을 보더니 급기야 그 매운탕을 직접 배달하기까지 했다.

천문대가 엄마에게 반한 건 엄마의 손에서 낚
싯대가 허공으로 들어 올려질 때부터였다. 그렇
다고 말했다. 어찌나 수줍게 말을 하는지 미라는
잔뜩 귀를 기울이고도 그 말을 다 알아들을 수가
없었는데, 대충 이해를 하자면, 낚시를 하는 여자
를 처음 본 데다가 그렇게 잘 잡는 사람을 본 것
도 처음이었다고 말하는 것 같았다. 잘 잡는 게
다가 아니었다고 했다. 물고기 한 마리를 잡아 올
릴 때마다 그 휘어지던 낚싯대의 선이, 그 낚싯대
와 함께 휘어지던 허리의 선이, 탄탄하게 긴장한
목의 선이 황홀하게 아름다웠다. 그건, 그러니까,
우주의 선이었다. 사람의 몸이 우주와 함께 만들
어낼 수 있는 가장 완벽한 아름다움이었다고 천
문대가 말할 때, 미라는 한 번 더 천문대가 바보
거나 미친놈이 아닐까 의심해야만 했다. 천문대
가 싫지 않았으므로 스스로 이해해보려고 노력하
기는 했다. 세상에는 별것에 다 홀리는 사람이 있
는데, 천문대가 바로 그런 사람인 듯했다.

엄마가 낚시를 잘한다는 것은 의심할 여지가
없는 사실이었다. 엄마는 틈만 나면 낚시를 하러

갔다. 붕어, 장어, 쏘가리, 메기, 빠가사리, 엄마는 뭐든지 잡아 왔다. 어른이 된 미라는 절대로 민물 매운탕을 먹지 않게 될 것인데, 매운탕을 보기만 해도 세상을 뜬 엄마가 떠올라서라고 사람들은 짐작하겠지만, 사실을 말하자면 지긋지긋해서일 것이다. 민물 생선에서는 흙냄새와 비린내가 풍겼다. 엄마가 아무리 매운탕을 솜씨 있게 끓여낸다고 해도 흙 맛과 비린내는 가시지 않았다. 천문대는 잘 먹었다. 생선 뼈까지 다 먹어치울 기세로 아주 잘 먹었다. 천문대를 죽을 만큼 증오하게 된 이후에도 엄마의 매운탕을 먹던 천문대, 이마에서 턱까지 땀을 줄줄 흘리던 천문대, 그 얼굴에 번지던 웃음, 눈가의 주름이 가늘게 접히던 그 웃음, 그런 기억까지 미워할 수는 없었다.

교통사고가 났던 그날, 벚꽃이 난분분 흩날리던 그날, 엄마의 결혼식을 한 달도 남겨두지 않던 그날, 그들은 천문대로 올라가고 있는 중이었다. 부끄럼이 많은 천문대가 처음으로 미라와 엄마를 직장 동료에게 소개하는 날이었다. 산을 올라가는 길은 그야말로 급회전을 연속하는 험로였다. 멀미가 나는지 엄마가 머리를 창에 기댔다. 천문대의 손이 엄마의 뺨으로 가다가 멈췄다. 뒷자리에 앉은 미라를 신경 쓰는 것이다. 결혼식이 한 달도 남지 않았는데도 둘은 여전히 미라에게 자신들의 연애를 쑥스러워하고 있었다. 미라는 상관없었다. 미라는 자신을 어른이라고 느끼고 있었고, 천문대에서 일을 하는 아빠가 생긴다는 사실이 나쁘지 않았고, 구멍가게를 하지 않게 된다는 사실이 기뻤고, 자기 대신 엄마의 매운탕을 먹어줄 사람이 생겼다는 사실이 좋았다. 위에서 마주 오는 차를 만났을 때, 천문대의 차는 급경사를 올라가고 있는 중이었다. 얼마나 급경사였는지 꼭 차 안에 드러누운 것 같은 기분이 들 정도였다. 거대한 돔형의 유리 구조물을 이고 있는 천문대가 정면으로 보였다. 교과서에서나 보았던 천문대가 갑자기 눈앞에 나타난 것이다. 그 천문대가 그녀를 덮칠 듯했다. 그리고 별들이, 봄날의 오전, 환한 햇살 속에 별들이 가득했다. 난분분했다.

엄마가 비명을 지르는 걸 들었을까? 그런 기억은 없다. 엄마의 목소리…… 그 마지막 기억은 가

게 앞에서 차를 타기 직전에 들었던 것이다. 미라
야, 가자. 엄마가 그랬었다. 미라야, 가자…….

그런데, 그래놓고는, 왜 혼자 간 거야, 엄마…….

엄마는 생사를 오가는 상태로 그 후 몇 달을 누
워 있었다. 뇌진탕 증세가 있었고, 이마를 꿰매야
했고, 금이 간 팔에 깁스를 해야 했던 미라의 상
처는 한 달이 조금 더 지난 후에는 다 사라졌다.
그러나 엄마는 그 후로도 몇 달을 더 병원에 누워
있어야만 했다. 중환자실에서 일반병실로, 일반
병실에서 요양병원으로. 아침이면 혼자 밥을 챙
겨 먹고, 도시락을 싸고, 학교에 가고, 학교가 끝
나면 병원으로 가고, 혼자 밥을 먹고, 병원 화장
실에서 도시락을 씻고, 병원에서 자고, 새벽 첫
버스로 집에 가서 옷을 갈아입고, 아침밥을 굶고,
도시락도 팽개치고, 학교에 가고, 조퇴한다는 말
도 없이 그냥 학교에서 나오고, 버스를 타고, 병원
에 가고, 엄마 침대에 얼굴을 묻고, 엄마, 엄마, 엄
미 부르고……. 엄마, 엄마, 엄마 부르다가 잠이 들

고……. 그러면 벚꽃이 보였다. 봄이 다 갔는데도 벚꽃이 보이고, 여름이 왔는데도 벚꽃이 보였다.

어느 날, 미라는 병원의 휴게실에 놓여 있는 잡지 한 권을 발견했다. 별들의 사진이 실려 있는 잡지였다. 처녀자리, 사자자리, 전갈자리, 그런 별자리들의 사진, 안드로메다, 솜브레로, 그런 은하들의 사진, 그리고 I Zwicky 18이라는 은하 사진도 있었는데, 미라는 그 은하의 이름을 어떻게 읽어야 하는지 끝내 알 수 없었다. 사진 속 별들은 너무나 아름다워서 진짜 같지가 않았다. 그러나 미라를 홀린 건 그 아름다움이 아니라 그 멀고 먼 별의 거리를 나타내는 숫자들이었다. 어떤 별의 거리는 100억 광년이 훨씬 넘고, 150억 광년에 가깝다고 했는데 1광년의 거리가 9.46×10의 12제곱킬로미터라니까, 가만있자, 계산을 해보면 150억 곱하기 9조4천6백은? 미라는 엄마가 누워 있는 병실의 창밖을 내다보았다. 손에 여전히 잡지를 든 채로. 9층에 있는 병실에서는 사람들이 조그맣게 내려다보였다. 분주한 한낮을 살아가는 사람들이었다. 그런데 겨우 9층 아래라니. 우스웠다.

그 잡지에는 또 이런 글이 있었다. 우주가 가만히 있는 게 아니라 끝없이 팽창을 하고 있다는 것이다. 그런데 우주가 팽창하고 있다면 도대체 우주는 어디로 팽창하는 것일까. 미라는 도무지 알 수가 없었다. 다만 자신의 몸이 길게 늘어나는 상상을 해볼 뿐이었다. 길게, 아주 길게 늘어나서 엄마가 가는 어디까지라도 함께 갈 수 있는.

미라의 꿈에 별들이 들어온 게 그날 밤부터였다. 별들은 빛나고 폭발하고 소멸했다. 거리라고 말할 수도 없는 거리 저 먼 곳에서. 그리고 그 먼 곳에는, 멀다고도 말할 수 없는 그 먼 곳에는, 블랙홀이 있고, 그 블랙홀 너머에는 평행우주가 있고, 다중우주도 있고, 그 어딘가 어떤 우주에는 엄마가 있고…….

미라는 병원 앞 책방에서 책 한 권을 샀다. 우주가 어디로 팽창하는지 알려줄 것 같은 책이었다. 표지가 딱딱한, 엄청나게 두꺼운 책이었다. 미라는 그 크고 딱딱한 책으로 자신의 머리를 쾅쾅 내리쳐 자해를 시도할 수도 있을 것 같았다. 그러는 대신, 미라는 그 책을 밤낮없이 읽었다. 글이 아니라 글자를 읽었다고 말해야 하는 걸지도 모를 일이지만, 어쨌든, 읽고 또 읽었다. 그리고 중얼거리기 시작했다. 다중우주, 평행우주, 초끈이론, 엠이론, 블랙홀, 암흑에너지, 웜홀……. 엄마, 엄마, 엄마 하는 대신에 웜홀, 블랙홀, 또 다른 우주, 아주 많은 우주, 아주아주 많은 우주, 중얼거렸다.

3

그러므로, 미라가 말하고 싶은 건 그런 거였다.

엄마가 돌아가실 때의 이야기, 엄마가 돌아가신 후의 이야기, 아니 어쩌면 엄마가 돌아가시기 전의 이야기까지. 그러니까 그녀의 인생 전체에 대해. 미라의 나이 스물아홉 살이 되었을 때였다. 소녀적인 감성을 운운하기에는 많은 나이였지만 평탄하지 못했던 성장 과정이 그녀의 성격을 왜곡시켜버린 부분이 있었다. 멈춰버린 성장과 가속페달을 밟아버린 성장이 동시에 존재했다. 여전히 어린 시절부터 간직해온 더러운 담요를 돌놀 말고서야 잠이 든다거나, 그렇게 잠든 꿈속에

서 괴물에 쫓긴다거나. 그러나 잠에서 깨었을 때
는 구겨진 담요를 발로 밀어 치우고 차가운 얼굴
로 양치를 했다. 꿈속 괴물보다 언제나 더 무서운
건 출근 시간이었고 하루하루 변하지 않는 삶에
대한 염증이었다.

민혁이 프러포즈를 하려는 게 분명해 보였을
때 먼저 반응을 보인 건 소녀적인 미라였다. 불꽃
놀이 축제가 있는 날이었다. 저녁이 되기도 전에
도로와 한강변의 길가는 어느새 사람들과 차량들
로 뒤엉켜 빈틈을 찾을 수 없을 지경이었다. 미라
는 민혁이 하필이면 왜 그런 날 그렇게 복잡한 곳
으로 가려는 건지 이해할 수 없었지만 마침내 그
들이 도착한 곳이 한강변의 테라스 레스토랑이라
는 걸 알았을 때는 머리가 어질어질하다 못해 속
이 울렁거릴 지경이었다. 늘 가보고 싶어 했으나
비싸서 엄두를 내지 못했던 곳이었다. 그러므로
그날은 특별한 날이라는 뜻이었고, 그렇다면 '오
늘이 바로 그날'이라는 강력한 예감이 왔다. 저녁
식사를 끝내고 디저트가 나올 때쯤 불꽃놀이가
시작됐다. 사람들이 전부 다 테라스로 달려 나갔

다. 손님들은 물론이고 홀 직원들과 주방의 셰프까지 에이프런에 손을 닦으며 테라스로 달려 나갔다. 불꽃놀이가 절정에 달했을 때는 누가 누구의 손을 잡고 있는지 누가 누구의 어깨에 팔을 두르고 있는지도 몰랐다.

프러포즈의 징후는 벌써 몇 주 전부터였다. 손을 잡았을 때 민혁의 손 움직임이 자신의 손가락 사이즈를 재는 것 같다고 여긴 건 오해일 수도 있었겠지만, 난데없이 유람선이나 공연, 이벤트 업체의 광고 따위에 관심을 가지는 것은 아무래도 이상했다. 민혁은 그런 것과는 거리가 먼 사람이었다. 그들은 만나서 감자탕이나 삼겹살을 먹고, 2차로는 크림생맥주를 마시러 갔다. 파스타는 늘 치즈가 얹어진 토마토소스로만 먹었고, 피자는 최대한 토핑을 잔뜩 올려서 먹었다. 감자탕을 먹을 때는 살을 뜯어 서로의 밥그릇 위에 올려놓아주고, 그러느라 손가락에 묻은 국물을 쭉쭉 빨아 먹기도 했다. 소박하고 사치를 몰랐고, 특별한 순간을 위해 특별한 행동을 하는 것을 멋쩍어 했다. 그녀는 생일 선물을 맥도날드에서 받은 적도 있었다.

그 몇 주 동안 민혁은 툭하면 미래에 대해서 이야기했다. 어떻게 살고 싶은지, 어떻게 늙고 싶은지, 심지어는 어떻게 죽고 싶은지까지. 살고 싶은 집과 그 집의 침실과 거실과 주방에 대해, 그 거실 창으로 쏟아져 들어오는 햇빛과 그 햇빛의 냄새와 비 오는 날의 빗방울과 바람 부는 날의 바람 소리까지. 화장과 매장과 수목장에 대해. 주방에 놓고 싶은 밥그릇과 국그릇과 찻잔과 포트에 대해. 중고차와 새 차와 리스에 대해. 그는 또 아파트 전셋값 폭등에 대한 기사를 읽었고, 대출금리 인상을 걱정했고, 그의 회사 동료인 워킹맘에 대한 이야기를 했다. 그렇게 수다스러운 민혁을 본 적이 없었다. 동시에 그는 극도의 긴장상태였는데, 미라가 하는 말을 툭하면 놓쳤고 자주 땀을 흘렸고 운전을 하다가 진입로를 그냥 지나쳐버리는 경우도 빈번했다. 미라에게 화를 낼 때도 있었다. 별 이유도 없이 갑자기 폭발하는 화였다.

미라는 민혁의 긴장과 불안을 이해했다. 민혁이 프러포즈를 하려는 게 틀림없다고 생각한 이후로는 그녀 역시 다를 바가 없었기 때문이다. 설

렘과 불안과 두려움이 멀미처럼 뒤섞였다. 커피를 마시다가도 헛구역질이 올라왔다. 미칠 듯한 불안과 미칠 듯한 설렘이 커피와 크림처럼 차갑고 뜨거운 몸을 섞었다. 어느 쪽이 불안일까. 이 차가운 달콤함인지, 아니면 그 아래의 뜨거운 내부인지. 그들은 서로에 대해서 많은 걸 알고 있기는 했지만 충분할 만큼 알고 있는 건지는 알 수 없었다. 미라는 쓸쓸하다는 말은 입에 올리는 것도 싫어했는데, 민혁은 미라가 그걸 알고 있는지조차 알 수 없었다. 쓸쓸하다는 말은 동사처럼 움직이는 말이라고 미라는 생각했다. 온다, 간다처럼. 쓸쓸하다고 말을 하면, 더 깊어지는 말, 아니, 더 나빠지는 말.

혼자 있는 건 괜찮았다. 그러나, 다시 또 혼자 남겨지는 건 싫었다. 그런 일이 생길까봐 누군가를 새로 만나는 것도 싫었다. 자극도 싫었고 화려한 이벤트도 싫었고 폭풍처럼 쏟아붓는 사랑의 고백도 싫었다. 절대로 안 떠나겠다는 약속도 싫었다. 그런 불가능한 약속은 처음부터 믿지 않았다. 그래서 떠나더라도 너무 요란스럽게는 떠나지 않을 사람, 그래서 있는 것도 너무 요란스럽지는 않게 있는 사람이 좋았고, 민혁은 분명히 그런 사람이었다. 그는 소심했지만 성실했고, 재밌지 않았지만 편안했다. 때때로 답답하기도 했지만 그보다는 더 자주 안정적으로 느껴졌다.

그래서, 이제, 민혁이 마침내 프러포즈를 한다면 미라는 그 프러포즈를 받아들일 작정이었다. 그래, 그럴 거야, 나는 너와 결혼할 거야, 나는 너의 신부가 될 거야, 말할 작정이었다. 느낌표를 열 개쯤 붙여가며 말할 작정이었다. 불꽃놀이는 절정을 향해가고 있었다. 영원히 계속될 것만 같은 찬란한 밤이었다.

민혁이 전화를 받으러 잠시 미라의 곁을 떠난 건 불꽃놀이가 끝나가고 있던 무렵이었다. 그러나 여전히 찬란했고, 그런 순간에는 전화 같은 건 무시해도 좋을 것 같았지만, 그렇게 찬란한 순간에도 받아야 할 만큼 중요한 전화일 거라고 이해했다. 민혁은 잠시 후에 돌아왔고 미라는 그의 손을 다시 잡았다. 그 손이 차갑고 축축했다.

불꽃놀이가 끝나고 다시 테이블로 돌아와 남겨

놓았던 디저트를 먹기 시작했는데, 케이크 속에 반지는 들어 있지 않았다. 들어 있더라도 싫었을 것이라고 미라는 생각했다. 그런 낯간지러운 프러포즈를 원하지는 않았다.

그들은 레스토랑에서 나와 다시 차를 탔다. 살짝 실망스러운 기분이 들기는 했지만 아직 그 밤이 다 끝난 건 아니라고 생각하며 미라는 인내심을 가졌다. 불꽃놀이가 끝난 후 도로는 어마어마한 주차장으로 변해 있었다. 10미터를 진행하는 데 30분이 걸리고, 교차로 한 번 넘어가는 데 또 한나절이 걸리는 식의 그런 지루한 시간이 끝없이 흘러가자 이런 날 차를 몰고 나온 민혁의 어리석음에 슬슬 화가 치밀기 시작했다. 영원히 계속되기는커녕 이러다간 밤이 이대로 끝나버리고 말 거였다. 불꽃놀이의 밤, 프러포즈를 받을 것 같은 밤, 아니, 받아야 하는 밤, 그 밤이 끔찍한 교통지옥 속에 갇힌 채 속절없이 흘러가고 있는 것이다. 차창을 열자 화약 냄새가 독하게 끼쳐왔다. 멀미가 날 정도로 지독한 냄새였다. 민혁이 창을 닫으라고 말했지만 미라는 그 말을 듣지 않았다.

차를 제대로 움직이는 건 고사하고 세울 수 있는 곳을 찾는 데만도 한 시간이 걸렸다. 둘은 그때 이미 서로 알 수 없는 이유로 잔뜩 골이 나 있는 것처럼 보였다. 아직도 강변이었고, 누군가가 개인적으로 쏘아 올리는 폭죽이 수줍은 듯이 초라하고 소심하게 한 번, 두 번 터지고 있었다.

"할 말이 있어."

엔진을 끄고, 차창을 닫고, 민혁이 말했다. 프러포즈를 받기에는 좋은 타이밍이 아니었다. 좋았던 기분이 너무 많이 사라져버린 것이다. 그렇더라도 그 일을 뒤로 미루고 싶다는 기분도 아니어서 미라는 약간 자포자기한 심정으로 민혁의 말을 기다렸다.

"오늘 아니면 할 수 없을 거 같아서. 오래 준비했는데. 하기가 너무 힘들었거든. 잘못되더라도 좋은 기억은 남겨주고 싶었는데, 길이 이 모양이네."

"괜찮아."

"괜찮지 않을지도 몰라."

미라는 그냥 듣고만 있었다.

"나쁜 일이 있었어."

응? 이건? 뭐?

"아주 많이 나쁜 일이."

미라는 민혁을 바라보며, 여전히 듣고만 있었다.

"그걸 털어놓지 않고는 너한테 아무 말도 할 수가 없을 것 같아. 너랑 같이하고 싶은데, 뭐든지 그러고 싶은데, 영원히 그러고 싶은데, 그런 말을 할 수 없을지도 모르겠네."

그러니까 프러포즈? 아닌가? 그럼 뭔가?

"정말이지, 아주 나쁜 일이 있었어. 너한테 그 걸 말해도 좋을지 모르겠는데…… 하려고 해. 그 래야 할 것 같아."

10분쯤 후, 미라는 차에서 내렸고, 먹은 걸 토했고, 그제야 쫓아 내려 그녀를 부축하려고 드는 민혁의 팔을 밀쳐낸 후, 토한 뒤끝이어선지 놀라움 때문인지 눈물이 고인 눈으로 그를 바라보았다. 눈물이 떨어지지는 않았다. 대신 침이 흘렀다. 그녀는 그 자리에서 돌아서 걷기 시작했다. 여전히 도로는 주차장 같았고, 한 번, 두 번 소심한 폭

죽이 터지고 있었고, 화약 냄새가 진동을 했다. 인도도 아닌 갓길을 걷는 미라를 민혁은 붙잡지 않았고 따라오지도 않았다. 미라야, 라고 한번 부르지도 않았다.

만일 아주 여러 개의 우주가 있다면, 두 개, 세 개가 아니고 열 개, 스무 개도 아니고 천 개, 2천 개도 아니라 150억 곱하기 9조4천6백억 개쯤의 우주가 있다면…… 그렇다면 당신은 그걸 무한수라고 상상할 수 있겠는지. 그리고 그런 우주 중에 당신이 상상할 수 있는 최악의 프러포즈가 일어나는 우주가 있다면, 그건 어떤 우주이겠는지…….

미라가 민혁을 다시 만난 건 일주일 하고도 이틀이 더 지나서였다. 민혁의 집 앞에서 그를 기다리는 동안 자정이 넘어갔다. 프러포즈를 받으리라고 믿었던 날이 일주일이 지나고, 다시 이틀이 지나고, 25분이 더 흐른 것이다. 민혁의 집 앞에는 심야 영업을 하는 술집이나 찻집이 없었다. 24시간

편의점 앞에 야외 테이블이 있었는데, 취해서 고개도 잘 못 가누는 남자 둘이 각자 혼잣말처럼 대화를 이어가고 있었다. 그랬구나, 그랬었어, 그랬다는 거지, 그랬다는 거야……. 민혁이 왔을 때는 그 남자들은 떠난 후였다. 미라는 미리 사두었던 캔맥주 하나를 민혁 앞으로 밀어놓고, 자신도 한 모금을 마셨다. 준비해두었던 그 어떤 말도 쉽게 나오지 않았다. 이렇게 말해야 할까, 아니면 이렇게 말해야 할까. 모든 건 덜덜 떨리는 망설임뿐이었다. 그래서 미라가 그 밤, 편의점 앞 테이블에서 입을 열었을 때, 그건 그녀가 망설였던 그 어떤 말 중에서도 가장 마지막에 선택하려고 했던 말이었다.

"안 죽인 거지?"

민혁은 고개를 숙인 채 아무 말도 없었다. 고개를 살짝 끄덕였는지도 모른다. 미라는 알 수 없었다.

"안 죽인 건 맞는 거지?"

민혁은 고개를 들었는데, 미라를 보기 위해서가 아니라 주위를 살피기 위해서인 것이 분명했다. 미라는 민혁이 겁을 먹고 있다는 걸 눈치챘다. 그것도 그녀를 잃을까봐서가 아니라 그 순간 누군가 그녀의 말을 들을까봐서라는 걸 알았다. 그리고 그 순간 그녀의 상심은 민혁이 10년도 더 전에 저질렀다는 그 끔찍한 일에 대해서가 아니라 이 자식한테는 나보다 그 비밀이 더 중요하구나, 라는 사실 때문이라는 걸 알았다.

그런데, 왜 나한테 털어놨어. 나보다 더 중요한 게 비밀인데, 더 무서운 게 비밀인데, 그걸 왜 나한테 털어놨어! 어쩌자고 나한테 그런 걸 털어놨어!

미라는 한마디도 더 말하지 못했다. 만일 한마디라도 더 하려고 한다면 민혁은 그녀의 입을 틀어막을 것이다. 그녀의 입을 막기 위해 무슨 짓이라도 할 것이다. 미라는 그 무슨 짓이 무서웠고, 그걸 무서워하는 자신이 또한 무서웠고, 그래서 더는 한마디도 할 수 없었다. 잠시 후, 민혁이 간신히 하는 말을 들었을 뿐이다.

"이제…… 우리, 끝인 거지?"

미라는 편의점 야외 테이블에 엎어져 울기 시작했다. 아주 대성통곡이었다. 그런 일쯤은 매일 밤 본다는 듯이 편의점 직원은 한 번 흘깃 내다본 후 다시는 쳐다보지도 않았다.

고등학교 2학년 때 친구 하나가 죽었어. 동네 친구였는데. 아니. 친구도 아니었어. 그냥 어쩌다가 어울리게 된 사이. 그런 거 있잖아. 좀 노는 애였고, 아니 사실은 아주 많이 노는 놈이었고, 그놈 때문에 나쁜 짓도 많이 했어. 아니, 걔 핑계를 대려는 게 아니야. 그건 정말 아니야. 그냥 그랬다는 거야. 담배도 피우고 술도 마시고 여자애들이랑 어울리기도 하고, 그래, 본드 같은 것도 했어. 본드는 걔 때문에 처음 해봤지. 정말이야, 핑계를 대려는 게 아니라, 정말 그랬어. 본드 같은 거 잘못하다가는 죽을 수도 있단 말 듣기는 했지만 안 믿었어. 뻥이라고 생각했지. 그땐 달리는 차에 뛰어들면 죽는다는 말을 들었어도 그게 꼰대가 하는 말이면 안 믿었을 거야. 그랬다는 거야. 그런 나이였다는 얘기를 하는 거야.

죽어버린다는 말을 입에 달고 살던 나이였어. 까불

면 죽여버린다. 지랄하면 죽여버린다. 웃으면 죽여버린
다……. 그랬다는 거야. 그런 말을 입에 붙이고 살던 나이
였다는 거야.

그때 동네가 재개발이 된다고 그랬었어. 땅 장사꾼들
이 집을 사러 다녔지. 집을 팔고 동네를 떠난 사람들이
많았어. 그럼 그 집들은 빈집이 됐지. 그랬다는 거야. 나
쁜 짓을 할 만한 데가 아주 많았다는 거야. 영화 같았지.
총이 있다면 골목을 뛰어다니면서 총질이라도 할 것 같
았어. 괜히 폼 잡느라고 잭나이프를 가지고 다니던 놈도
있었지. 그래봤자 벌레 한 마리 못 잡을 거면서. 그 잭나
이프를 찰칵 접었다가 찰칵 펴면서 죽인다. 이 새끼 너
죽여버린다. 그랬어. 내 말은 그랬다는 거야. 그런 동네였
다는 거야.

그리고 그날…… 그 여름방학 때, 그 일이 벌어졌
어……. 이제부터 너한테 그 얘기를 하려고 해. 처음부터
끝까지 다 말하려고 해.

4

결혼식은 그로부터 아홉 달 뒤에 있었다. 서둘
러야 했음에도 그러지를 못해서 결혼식 날 미라의
배는 누구나 알아볼 만큼 불러 있었다. 임신 6개월
째로 접어들고 있는 중이었다. 짓궂은 사람들은
축하를 두 번씩 했다. 웃음소리를 죽여가며 조용
히 귀엣말을 나누는 사람들도 있었다.

미라는 상관없었다. 제대로 기뻐해보지도 못했
던 임신이었다. 화장실에서 임신 테스트기의 결
과를 확인했을 때 그녀가 느꼈던 감정은 당혹스
러움 그 이상도 그 이하도 아니었다. 그냥 세상에
서 모든 게 사라진 것처럼, 밍했다. 그것은 생명

이라기보다 질환 같았다. 임신이 그렇게 끔찍하게 여겨졌다는 뜻은 아니었다. 그때 그녀는 변기에 걸터앉아 있었는데, 변기 바로 아래의 타일에는 곰팡이가 피어 있었다. 일주일에 한 번씩 락스로 닦아내도 어느새 또 곰팡이가 피어나곤 했다. 그러니까 그때 그녀는 지저분한 화장실의 변기에 앉아 곰팡이를 내려다보며 한 손에 있는 임신 테스트기를 어찌해야 할지 결정도 못 한 채 어느새 다른 한 손으로는 쓰레기통의 뚜껑을 열고 있는 중이었다는 것이다.

임신에 대한 느낌이 달라진 것은 출산을 결심한 순간부터였다. 아이에 대한 애정은 시작되자마자 온 마음을 장악했다. 온 마음과 온몸을 다 장악한 것 같은데도 계속해서 부풀어 올랐다. 그야말로 터져버릴 것 같은 마음이었다. 욕실의 곰팡이는 계속 피어났지만 그때부터 욕실에 락스를 뿌리는 건 민혁의 일이 되었다.

결혼식 직전, 그 방에서 함께 잠들었던 마지막 밤에 민혁이 악몽을 꿨다. 원래부터 잠버릇이 좋지 않고 꿈을 많이 꾸는 남자였다. 그 밤은 유난

했다. 민혁이 발버둥을 치며 악을 쓰는 바람에 미라는 민혁을 흔들어 깨우지 않을 수 없었다. 민혁이 어리둥절한 얼굴로 눈을 떴을 때, 그러고도 아직 잠에서 덜 깨어 뭔가를 말하려고 했을 때, 미라는 민혁의 입술에 손가락을 올렸다.

쉿…….

그녀는 조용히 말했고, 민혁은 미라의 말을 따랐다. 민혁은 두 손으로 얼굴을 덮은 채 잠시 숨을 골랐다. 그리고 잠시 후에는 몸을 둥글게 말아 미라의 배에다 얼굴을 갖다댔다. 아이가 배 속에서 민혁처럼 둥글게 몸을 말았다. 그렇게 느껴졌다. 민혁의 입술이 움직이는 것을 미라는 자신의 배로 느꼈다. 민혁이 배 속의 아이에게 무슨 말을 하고 있는지 미라는 알 수 없었다. 알 수 없었지만 미라는 말하지 않을 수 없었다.

쉿…….

다시 잠든 민혁의 얼굴이 고요했다. 마치 모든 것을 용서받은 것처럼……. 아무도 용서하지 않았으나 홀로 용서받은 사람이 있다면, 아마도 그런 사람의 얼굴이 아니었을까.

아이는 쉽게 출산했다. 아들이었다.

미라는 젖이 잘 돌았고, 아이는 건강했고, 첫
손주를 얻은 시부모님의 기쁨은 이루 말할 수가
없을 지경이었고, 민혁의 얼굴에서는 자부심과
미소가 떠나지 않았다. 그는 굉장한 아빠가 될 기
세였다. 산후조리원에 있는 동안, 민혁이 읽은 육
아 관련 책이 몇 권인지 모를 지경이었다. 그러면
서도 아이의 기저귀를 가는 일에는 서툴렀고, 아
이를 안을 때는 매번 손을 덜덜 떨었다. 아이가
마치 물방울 같아. 민혁은 홀린 듯이 말하기도 했
는데, 그 말은 미라가 들은 민혁의 말 중에서 가
장 시적인 말이었다. 아이의 이름은 수온이었다.
기쁠 수, 따듯할 온 자를 쓰는 이름이었지만 민혁
의 말을 들은 후부터는 기쁠 수 자보다 물 수 자
가 더 어울린다는 생각이 들었다. 따듯한 물, 따
듯하게 흐르는 물, 미라는 아이가 그렇게 자라날
것이라고 믿었다.

시어머니는 민혁의 어린 시절 이야기를 했다.
아주 개구쟁이였다고, 그 개구졌던 아이가 커서
이렇게 번듯하게 애 아빠가 될 줄 누가 알았겠냐

며 웃었다. 커서도 말썽 많이 피웠지. 시어머니는 또 말했다. 크느라고 그런 건 줄 모르고 그땐 정말로 속이 많이 썩었단다. 미라는 무슨 일이 있었던 거냐고 물어보지 않았다. 묻지 않는 말을 계속하는 게 멋쩍어졌던 건지, 아니면 미라의 냉담한 표정을 눈치챘던 것인지 시어머니도 더는 말을 잇지 않았다.

미라는 시어머니를 좋아했다. 가끔은 어머니라고 부르는 대신 '엄마'라고 부를 때가 있기도 했다. 다정한 사람이었다. 다정함이 지나쳐 눈치 없게 여겨질 때가 있기도 했지만 그건 그냥 보통의 노인들다운 행동이라고 생각했다.

아마도 시어머니는 좋은 엄마이기도 했을 것이다. 아이들이 크는 동안 사는 게 그토록 바쁘지만 않았다면 충분히 그렇게 되고도 남았을 것이다. 전에 살던 동네를 떠나올 때 재개발 바람이 불어 집값을 좋게 받았다고 했다. 그 덕분에 살림이 조금 나아진 거지, 그 전에는 사는 게 말도 못하게 고달팠노라고 어머니는 말하곤 했다. 시아버지는 전에 살던 동네에서 채소 장사를 했고 시어머니는 김밥을 도매로 만드는 곳에서 하루 종일 김밥을 말았다. 그래서 아이들 밥은 아침에도 김밥, 저녁에도 김밥, 도시락도 김밥이었다고 했다. 김밥이라고 하면 아주 지긋지긋한데, 그 김밥 공장이란 게 아직도 그 동네에 있고, 그곳에서 만드는 꼬마김밥이 그 동네 명물이라고 테레비에도 나오더라며 별 게 다 유명해진다면서 어머니는 별로 웃기지도 않는 얘기를 하며 웃었다. 사는 게 숨이 가쁠 정도로 바빴던 시절, 골목과 빈집이 무지하게 많던 그 동네에서 아이들이 부모의 손길도 받지 못한 채 아무렇게나 커가던 시절의 이야기들은 이제 시어머니에게는 추억이 되었다. 웃으면서 그저 가볍게, 그리고 따듯하게 돌아볼 수 있는. 그러나 미라는 어머니의 말을 귓등으로도 듣지 않았다. 어머니의 추억을 듣는 척도 하지 않았다. 경멸을 견딜 수 없었기 때문이다. 어머니를 좋아했기 때문에 경멸하고 싶지 않았지만, 그러나 누구에게나 견딜 수 없는 것이 있는 법이다. 그렇지 않은가? 그야말로 한심하기 짝이 없는 어머니가 아닌가? 그 시절에 아들이 뭘 하고 돌아

다녔는지도 모르고 꼬마김밥이나 추억하는 어머니라니.

　미라는 정말로 좋은 엄마가 될 작정이었다. 한심한 엄마는 절대로 되지 않을 작정이었다. 아이가 할머니보다 엄마 손을 더 필요로 하게 될 때까지 회사를 다닐 생각은 없었다. 그러려면 한 푼이라도 더 모아야 했다.

　민혁과 미라는 거의 싸우는 일이 없었지만 간혹 말다툼을 하는 일이 있다면 그건 늘 돈 때문이었다. 미라는 아낄 수 있는 모든 걸 아끼려고 들었고, 심지어는 시부모에게 내미는 양육비까지 아끼려고 들었다. 뻔뻔한 며느리였다. 한번은 민혁의 여동생이 현금이 필요하다며 몇만 원만 빌려달라고 한 적이 있었는데, 그 말을 못 들은 척 연기까지 하는 태도가 가관이었다. 민혁은 미라 몰래 부모님에게 돈을 내밀고, 다 큰 여동생에게도 가끔 용돈을 주어야 했다. 미라 몰래 한 일이었지만 결국 미라는 알아냈고, 그러면 언쟁이 벌어졌다. 언제나 민혁이 졌다.

　결혼을 하고 얼마 지나지 않아 미라의 시골집

이 화제에 오른 적이 있었다. 천문대가 있는 산 밑에 호수가 있고 그 호수를 끼고 마을이 있는데, 그 마을에서도 약간 떨어진 곳에 집 한 채가 있고 그 집 한 채가 바로 자신의 것이라는 말을 했을 때, 시아버지는 고개부터 저었다. 시골집이라는 게 돈도 안 될뿐더러 성가신 일거리만 생기더라고, 혹시 철거 보조금이라도 나오면 차라리 허물어버리는 게 나을 거라는 말이었다. 물론 미라가 모르고 있던 사실들은 아니었다. 그랬음에도 자신의 시골집을 단번에 쓰레기 취급해버리는 시아버지의 말은 상처가 됐다.

민혁이 미라를 위로했다. 그래도 땅이 있으니 늙으면 거기 가서 새집 짓고 살면 좋겠다고, 하나 마나 한 이야기를 했다. 민혁의 여동생은 그 시골집 밑에서 석유가 쏟아져 나올 수도 있을 거라고 말했다. 석유가 아니면 어떤가. 채송화나 나리꽃을 심으려고 땅을 팠더니 다이아몬드 광산이 발견될 수도 있지. 말하자면 시누이에게 미라의 시골집은 쓰레기도 아니라 그야말로 '아무것도 아닌 것'에 불과했던 것이다.

열네 살 때 엄마가 세상을 뜬 후 미라는 외할아버지와 함께 살았다. 빈집이 된 미라의 시골집에는 마을 이장의 친척이라는 사람이 들어왔다. 어차피 빈집이니 누가 들어와 사는 게 더 낫다는 이장의 말은 타당하게 들렸다. 그러나, 그 집에 들어와 살게 될 이장의 친척이라는 사람이 집세를 한 푼도 안 낼 거라는 걸 알게 된 후에는 자신이 사기를 당했다고 믿었고, 그야말로 펄펄 뛰며 울고불고 난리를 치지 않을 수 없었다. 미라에게 그 집은 그냥 빈집이 아니었다. 도배와 장판을 다시 하고 욕실도 새로 고쳐놓은 집이었다. 새 삶이 시작될, 엄마의 신혼이 다시 시작될 수도 있었던 집이었다. 그런데 한 번도 보지 못한 어떤 사람이 돈 한 푼 안 내고 그 집에 들어와 살겠다는 것이었다. 펄펄 뛰며 난리를 쳤으나, 그래봤자 미라의 나이 그때 겨우 열네 살이었다.

미라에게는 의논할 사람이 없었다. 엄마에게는 두 명의 형제가 있었고, 아버지에게는 세 명이나 되는 형제가 있었지만 엄마는 그들 모두와 거의 교류를 끊고 지냈다. 이모들과는 그래도 가끔 왕

래를 했지만 아버지 쪽과는 아예 연락조차 없었다. 미라는 다섯 살 때 병으로 세상을 떴다는 아버지에 대해서는 거의 기억이 없었고, 아버지 쪽 친척들에 대해서도 마찬가지였다. 엄마의 수첩에는 고모 한 사람의 전화번호만 있었다. 그래야 할 것 같아서 엄마가 세상을 뜬 직후 전화를 했는데, 고모는 당황한 것을 감추지 못한 채 그냥 '응, 응' 하기만 했다. 어쩌면 좋으냐는 위로의 말 한마디 없이 그냥 '응, 응, 그랬구나' 그랬다. 장례식장에는 그 고모가 삼촌과 같이 왔다. 또 한 명의 고모는 장례식장에조차 나타나지 않았다. 장례식이 끝난 후, 미라에게 전화를 건 사람은 장례식장에조차 나타나지 않았던 그 또 한 명의 고모였다. 그 고모가 집 얘기를 했다. 할아버지가 아버지에게 남겨주었다는 집, 그 구질구질한 구멍가게가 딸려 있는 시골집에 관한 얘기였다. 그 집이 아버지의 생가일 뿐만 아니라 고모들과 삼촌에게도 마찬가지여서 추억이 많다고 했다. 너는 이제 그 집을 어떻게 하려고 하니? 고모가 묻는 순간, 미라는 불에 덴 듯이 전화를 끊어버렸다. 나중에는 코드까지 뽑아버렸다. 집을 뺏길 수는 없었다. 보험금도 마찬가지였다.

엄마의 유품 중에 여러 개의 보험증서가 있었다. 교육보험도 있고 생명보험도 있고 아무짝에도 쓸모없게 된 암보험도 있었다. 그 대부분이 아버지가 사망한 직후에 가입한 것이었는데, 엄마는 아버지의 갑작스러운 죽음에 놀란 나머지 이제 세상천지에 기댈 데라고는 보험밖에는 없다고 믿기라도 한 모양이었다. 미라는 이해할 수 있었다. 놀랍고 무서웠을 테니까. 얼마나 놀랍고 무서웠을까. 아버지가 죽은 후 엄마가 한동안 보험 외판을 했었다는 사실은 나중에 알게 되었다. 팔지 못한 보험을 자기가 사들였으니 엄마의 보험 외판 실력이란 얼마나 형편없는 것이었을까. 엄마가 친척이나 지인들과 멀어지게 된 것도 그때부터의 일이라고 들었다.

외할아버지가 그녀의 법정 후견인이 되었다. 외할아버지는 그 몇 해 전에 풍을 맞은 후 거동이 불편한 상태였다. 집 안에서는 먹고 씻고 화장실에 가는 것 정도는 대충 혼자 해결할 수 있었지만 밖으로 나가야 할 때는 달랐다. 어딘가가 줄줄 새는 주전자 같은 꼴을 면할 수 없었다. 그는 집 안에만 틀어박혀 지냈고, 그 무엇에도 관심을 보이지 않았고, 관여하지도 않았다. 느닷없이 같이 살게 된 외손녀에 대해서도 그랬지만, 느닷없이 그가 수령하게 된 돈에 대해서도 마찬가지였다. 관심도 없었고, 도장을 내줄 생각도 없었고, 그 돈을 쓸 생각도 없었다. 그는 가끔은 외손녀가 그와 함께 살고 있다는 사실조차 잊어버리는 것 같았다. 하루 종일 티브이를 꽝꽝 소리가 나게 틀어놓고 있었지만 그걸 보고 있는 것 같지도 않았다. 그는 그냥 시간이 흘러가는 것만 바라보고 있는 사람이었다. 무한한 인내와 집중력으로, 째깍 째깍 째깍……, 흘러가는 시간만.

그러므로, 집을 비워놓으면 금방 폐가가 된다는 이장의 말, 네가 다시 들어와 살겠다고 하면 그날로 비워줄 거라는 이장 부인의 말, 그 집에 들어올 사람이 앞으로 농사를 짓는다니까 쌀 나오면 쌀도 보내고 감자 캐면 감자도 너한테 보내지 않겠느냐는 이장 아들의 말, 욕실 배관 공사

비용은 누가 내는 거냐고 묻는 이장 며느리의 말, 그런 말들의 홍수 속에서 미라는 이가 갈리도록 분하고 억울했지만 결국 동의를 할 수밖에 없었는데, 그 집을 빈집으로 두었다가는 폐가가 될 거라는 생각 때문이 아니라 그렇게 되기 전에 먼저 고모나 삼촌이 그 집을 훔쳐 갈 거라는 생각 때문이었다. 아무도 그 집을 훔쳐 가지 못하도록 그 집을 깔고 앉아 있어줄 사람이 필요했다. 그래서 미라는 사기 당한 기분을, 이가 갈리는 억울함을 참았다.

그런 세월이 10년이나 이어졌다. 나중에 보니 이장 친척은 사라지고 이장 아들 내외가 그 집에서 살고 있기도 했다. 욕실 배관이 다시 되어 있었는데, 그 공사비를 미라에게 청구하지 않은 걸 가지고 아주 인심 좋은 일을 한 것처럼 말했다. 미라는 이장 일가가 죽이고 싶도록 미웠다. 이장의 아들 내외마저 그 집에서 나가고, 더는 누구도 그 집에서 살지 않게 된 후에도 그 미움은 여전했다.

그랬음에도 그때 이장의 말에 틀린 게 하나도

없었다는 걸 인정하기까지는 오랜 시간이 걸리지 않았다. 집이 비고 나서 1년도 채 지나지 않아서였다. 사람이 살지 않는 집이 얼마나 빨리 무너지는지 미라는 상상조차 하지 못했었다. 누가 마치 그 집을 잡고 흔들어 일부러 무너뜨리고 있는 것 같았다. 누구라도 들어와 살겠다는 사람을 다시 찾아달라고 부탁했을 때, 이장은 그동안 미라가 보였던 온갖 버릇없는 태도들을 일일이 들먹이면서 펄펄 뛰어가며 야단을 쳤다. 이장의 말처럼 더는 누구도 그 빈집에 들어와 살겠다는 사람이 없었다. 그리고 5년 전, 마지막으로 그 집을 살펴보러 갔을 때, 집은 이미 완전한 폐가가 되어 있었다. 무너진 벽과 부서진 문짝과 구멍이 뚫린 지붕. 타일이 깨진 욕실 바닥에는 하수구 흔적만 남아 있었다. 욕조는 누가 뜯어 가버렸을까. 그런데도 벚꽃은 어찌나 흐드러지게 피어 있던지. 욕조를 뜯어 간 인간은 저 벚나무는 안 훔쳐 가고 싶었을까. 미라는 벚나무 아래에서 한참 동안 울었다. 아주 오랜만에 엄마, 엄마, 엄마 하면서 울었다.

결혼 후에는 한 번도 찾아가볼 생각이 나지 않

던 그 집에 마침내 가보지 않을 수 없었던 것은 '공폐가 합동 정리 및 지원'에 관한 통보를 받았기 때문이었다. 철거 지원금에 대한 안내보다 범죄 유발 환경이라는 문구가 더 마음에 걸렸다. 미라는 시골집에 내려갈 때까지도 그 안내장을 민혁에게는 보여주지 않았다. 그렇더라도 함께 가겠다는 민혁을 만류할 생각은 없었다. 연휴가 시작되는 첫날이었다. 아이를 시어머니에게 맡겨두고, 미라와 민혁 둘이서만 시골집엘 내려갔다.

긴 시간을 고속도로에 묶여 있다가 국도로 들어서자 내비게이션이 호수 옆길을 안내했다. 늘 버스만 타고 다녔던 미라는 가본 적이 없는 길이었다. 호수 옆길로 차가 들어서자마자 미라는 그야말로 깜짝 놀랐는데, 그 길이 믿을 수 없을 정도로 아름다웠기 때문이다. 벚꽃이 흐드러지게 피어 길이고 물이고 온통 꽃잎으로 뒤덮여 있었다. 난분분. 미라의 오래된 기억 속에서 그 단어가 되살아났다. 민혁이 차를 세웠고 둘은 호숫가로 내려갔다. 차 안에서는 보이지 않던 데크 산책로가 호숫가를 따라 나 있었다. 산책로로 들어서는 입구에 안내판이 세워져 있었는데 천문대로 향하는 둘레길과 등산로가 그려져 있었다.

미라는 정신이 어질어질했다. 뭔가 엄청난 변화를 감지했기 때문이다. 몇 년 사이, 뭔가가 바뀌어 있었다. 그것도 아주 많이, 엄청나게. 민혁이 벚꽃과 호수에 홀려 정신없이 사진을 찍어대고 있는 동안, 미라는 핸드폰으로 그 둘레길을 검색해보았다. 사진들이 많이 올라와 있었다. 봄의 둘레길, 여름의 둘레길, 가을의 둘레길, 겨울의 둘레길……. 천문대 사진도 있었다. 그사이에 천문대도 변한 모양이었다. 한때 우리나라 최대의 천체망원경이 있던 그곳 천문대는 이제 관광지로 변모한 듯했다. 관광객들은 그곳에서도 아주 많은 사진을 찍어 올렸다. 교과서에서는 보지 못했던 사진들이었다. 미라가 한 번도 가보지 못한 천문대는, 이제 나이가 든 천문대는, 사진 속에서 아름다웠다.

산 아래의 사진들도 보였다. 호수와 그 호숫가를 따라 세워진 펜션들의 사진이었는데, 그중의 어느 한 사진을 보는 순간, 미라는 멀미가 나고 토할 것 같은 심정이 되었다. 그 사진 속에서 낯익은 얼굴들을 발견했기 때문이다. 이장 일가였다. 이장 일가가 근사한 펜션 마당에서 활짝 웃는 얼굴로 바비큐를 굽고 있었다. '친절한 주인장님 가족과 함께'. 사진의 제목이었다.

민혁의 전화가 울린 건 그로부터 30분쯤 후였다. 호수의 둘레길에서부터 미라는 내리 입을 꽉 다문 채 한마디도 말을 안 하고 있었는데, 그래서 그 전화벨 소리가 그렇게 크게 들렸는지도 모를 일이다. 민혁이 전화를 받았다. 운전을 하면서 전화를 받던 민혁이 차를 갓길로 빼냈다. 네, 네, 하기만 하는 민혁의 표정이 좋지 않았다. 민혁은 전화를 끊자마자 차를 돌렸다. 차가 시골집 바로 앞에 이르러 마당의 벚나무까지 보일 때였다.

"왜?"

벨이 울릴 때 발신자가 누구인지를 보았었다. 전화는 시어머니로부터였었다.

"일이 좀 생긴 모양이야. 수온이가……."

미라는, 순식간에, 해일처럼 밀려드는 불길함에 사로잡혔다. 숨이 턱 하고 막히는 기분이었다. 미라는 차마 그 '일'이란 게 뭔지 물어볼 수조차 없었다. 미라는 두 손으로 입을 막은 채 두려움에 사로잡힌 눈으로만 물었다. 무슨 일이야? 뭐야, 무슨 일이야? 아니다. 미라는 아마 그때 말하고 싶었을지도 모른다. 아무 말도 하지 마, 네 입으로는 아무 말도 하지 말란 말이야, 이 자식아!

죽여버린다는 말을 입에 달고 살던 나이였어. 까불면 죽여버린다. 지랄하면 죽여버린다. 웃으면 죽여버린다……. 그랬다는 거야. 그런 말을 입에 붙이고 살던 나이였다는 거야.

그런데 정말로 그런 일이 벌어져버렸어. 정말로 그런 일이 벌어져버렸단 말이야. 난 그때 고등학교 2학년이었어. 겨우 열일곱 살이었다고. 본드 같은 거 하다가 죽을 수도 있다는 말을 듣기는 했지만 안 믿었어. 뻥이라고 생각했지. 그런데 진짜로 죽어버린 거야. 믿을 수 있겠니? 진짜로 죽어버렸다고, 그 자식이.

상상이나 할 수 있겠니? 내가 얼마나 무서웠겠는지? 변명을 하려는 게 아니야. 사실을 말하려는 거야. 그랬다는 거야. 그 자식이 죽어버렸다는 거…… 그렇게 죽어버렸다는 거. 도망치는 거 말고 달리 뭘 할 수 있었겠니. 난 겨우 열일곱 살이었는데. 나도 그 빈집에서 같이 본드를 하고 있었는데. 그러니까 나도 죽을 뻔했던 건데.

잘못이라는 거 알았어. 모르지 않았어. 그렇지만 도망치는 게 먼저더라고. 할 수만 있다면 세상 끝까지 도망을 쳤겠지. 세상 끝이 어딘지 알았으면 거기 가서야 멈췄겠지. 아니, 세상 끝인 줄 알아도 계속 도망쳤겠지. 지금도 이렇게 도망치고 있는 걸 보면…… 그런 마음인 걸 보면…… 그랬겠지.

평생 처음으로 교회에도 갔어. 혼자서 펑펑 울며 기도를 했지. 하나님 부처님 성모님, 아무튼, 천벌을 받게 해달라고 했어. 정말이야. 천벌을 받을 거라는 거 모르지 않았어. 그러니까 평생 속죄하고 살겠다고 기도했지. 좋은 일도 안 바라고 행복해지기를 바라지도 않겠다고. 그러니까 지금은 봐달라고, 딱 한 번만 봐달라고.

그런데…… 네가 온 거야. 네가 봄비처럼 왔어. 네가 내 온몸을 적시고, 네가 내 온 마음을 적셨어. 행복해지고 싶어진 거야. 너랑 같이, 너랑 평생 행복해지고 싶어져버린 거야. 이해할 수 있겠니. 내가 왜 이런 말을 지금 여기서 해야 하는지……. 아니, 안 할 수가 없는 건지…… 죽어 지옥에 가더라도, 언젠가는 정말 천벌을 받더라도, 지금은 너와 함께하고 싶어진 거야. 그렇게 되어버렸다는 거야.

그래, 그 자식을 묻었어. 어떻게 할 수 있었겠니. 그땐 그럴 수밖에 없었다는 거야. 그 자식을 묻는 거밖에는 달리 떠오르는 방법이 없었다는 거야. 묻든가, 더 깊이 묻든가…… 더 깊이 묻든가, 그것보다 더 깊이 묻든가……. 그것보다 더 깊이 묻든가, 아주아주 깊이 묻든가…….

아이는 무사했다. 그러나 죽은 듯이 누워 있었다. 팔과 다리에 거즈를 붙인 채였다. 시어머니는 그날 점심때 시아버지에게 아이를 맡겨두고 친구 딸의 결혼식에 다녀왔다고 했다. 시어머니가 결혼식에 간 사이에 점심을 굶고 있던 시아버지는 시어머니가 돌아오자마자 당신도 잔치국수가 먹고 싶다고 했고, 시어머니는 외출에서 돌아오자마자 옷 갈아입고 얼굴 씻을 사이도 없이 물을 끓이고, 아이를 어르고, 감기 기운이 있는 아이의 코를 씻어주고, 그러는 동안에도 뭘 잘못 먹었는지 설사 기운이 있어서 자꾸만 화장실에도 들락거려야 했다고 했다. 너무 지쳐서 화장실 변기에서도 깜빡깜빡 잠이 들 것 같았다고도 했다. 나중에 들은 말이다. 아이가 잠들어 있는 방 안으로 허겁지겁 달려 들어갔을 때, 시어머니는 아이 옆에 앉아 여전히 떨고 있었다. 한마디도 하지 못했고, 울음소리를 내지도 못했다. 시아버지가 베란다로 나가 담배를 피우기 시작했다.

아이가 끓는 물에 데어 화상을 입었고, 병원에 갔고, 처치를 다 받은 후 다시 집으로 돌아왔고, 울다가 잠이 들었고……. 그런 사정 이야기는 이미 다 들은 후였다. 잠든 아이는 자면서도 흑흑 느껴 울었다. 어린 피부라 많이 아플 것이고 흉터도 약간 남기는 하겠지만 커서 수술로 없앨 수 있는 정도일 것이니, 그래서 의사는 '다행'이라고 말했다고 했다. 미라는 온몸을 덜덜 떨었다. 그러니까 의사의 그 말은 더 끔찍한 일이 벌어질 수도 있는 상황을 '다행히' 모면했다는 뜻이었다. 미라에게는 그렇게 들렸다. 다행히 이만하게 되었다는 게 아니라 하마터면 저만하게 되었을 수도 있었다는. 끔찍하세 나쁜 일이 벌어졌을 수도 있었다는. 너무나 너무나 끔찍해서 입에도 올릴 수 없는 일이 벌어졌을 수도 있었을 거라는.

미라는 두 손으로 얼굴을 덮었다. 울음소리가 마구 터져 나왔다. 시어머니가 미라의 무릎에 손을 얹고, 뭐라 뭐라 미안하단 말을 하기 시작하는데 미라가 얼굴을 덮고 있던 두 손으로 어머니의 가슴을 밀었다. 시어머니는 내동댕이쳐지듯이 뒤로 나자빠졌다. 미라는 다시 엉엉 울기 시작했고, 시어머니는 내동댕이쳐진 채 흑흑 울었고, 민혁은 고개를 폭 숙이고 있었고, 시아버지는 굴뚝처럼 담배 연기를 뿜어대고 있었다. 그때 시누이가 뛰어 들어와 미라보다 더 큰 소리로 조카의 이름을 부르고, 미라보다 더 요란하게 소란을 떨어대지 않았다면, 그날 상황이 어떻게 더 흘러가게 됐을지는 누구도 모를 일이었다.

아이는 통증을 잘 참았다. 많이 아플 거라고 의사가 말할 정도의 통증인데 그걸 기어코 참았다. 병원에 가면 한 번 악 하고 울고는 미라의 품에 얼굴을 묻은 채 흑흑 흐느끼는 게 다였다. 뭐든지 잘 참는 아이를 보는 게 다친 아이를 보는 것보다 미라에겐 더 아프고 괴로운 일이었다. 미라는 휴가를 냈다. 아이를 집에 두고 시부모에게 얼굴도 보여주지 않는 날이 사흘째 이어졌을 때 민혁이 미라에게 '너무 그러지 말라'고 했다. 노인네들 심정이 지금 어떻겠느냐고 민혁이 말을 이을 때 미라가 갑자기 달려들어 닥치는 대로 손을 휘두르기 시작했다. 나중에는 손에 잡히는 아무 거나 들고 휘둘렀다. 죽여버릴 것처럼, 너도 한번 죽을 만큼 당해보라는 것처럼. 때리는 미라는 입술을 악물고 있어 소리를 내지 않았고, 맞는 민혁은 입을 벌린 채 아무 말도 하지 못했다. 마치 팬터마임 같은 싸움이었다. 그 이상한 싸움이 전혀 이상하지 않다는 걸 알고 있는 건 이 세상에 오직 그 둘뿐이었을 것이다.

그날 밤, 미라는 자신의 결혼에 대해 생각하지 않을 수 없었다. 불꽃놀이가 있던 밤부터 결혼식 날까지 아홉 달이 구름처럼 흘러갔었다. 그 아홉 달 내내 민혁을 다시는 만나지 않을 거라는 결심이나 더는 사랑하지 않겠다는 각오는 아무 의미도 없었나. 끝내지 못하는 관계가 지지부진하게 이어지는 동안 그런 관계도 일상이 될 수 있다는 것을 알게 되었을 뿐이다. 그러다가도 어느 순간에는 마음이 미칠 듯이 괴로웠고, 그런 순간에는 분노와 애정이 끓는 물처럼 뒤섞였다. 미친 듯이 섹스를 하고, 미친 듯이 구토를 하고, 미친 듯이 미워하다가 어느 순간에는 그것도 사랑인 것 같아 정말로 미쳐버릴 것만 같았다.

대가를 치르게 되리라는 걸 알았다. 아니, 어쩌면, 벌써 그때부터 자신은 대가를 치르고 있었을지도 모른다. 사랑하는 마음이 지옥인 것보다 더한 대가가 어디 있겠나. 그러니까 이대로 가도 되는 거 아닐까…… 아무것도 더 알려고 하지 않고, 다 묻어둔 채, 그냥 이대로 가도 되는 거 아닐까. 미라는 스스로에게 묻고 또 물었다.

그즈음의 어느 날, 거짓말처럼, 미라는 하늘에 뜬 UFO를 봤다. 정말이다. 착각이 아니었다. 자신의 원룸 창가에 서서, 입을 딱 벌린 채, 미라는 찬란하게 빛나는 UFO가 하늘에 떠 있는 것을 봤다. 그 UFO가 엄마가 사고를 당하던 날 차 안에서 보았던 천문대의 돔과 너무 비슷해서 미라는 또 깜짝 놀랐다. 물론, 아무도 믿지 않을 것이다. 그러므로, 미라는 누구에게도 자신이 UFO를 봤다는 얘기를 하지 않겠다 다짐했다.

민혁의 이야기도 마찬가지였다. 민혁이 사실을 말하거나 그렇지 않거나 누구도 그 말을 믿지 않을 것이다. 그러므로 진실 같은 건 없다. 1994년 여름에 누군가 죽었고, 그 시체가 어딘가에 묻혔다는 것 이외에는 더 이상의 사실도 더 이상의 진실도 없다. 그렇게 믿어도 되는 거 아닐까. 그렇게 믿으려고 노력하는 마음이 아직도 여전히 지옥이라면, 나는 충분히 대가를 치르고 있는 게 아닐까.

그날 밤에 민혁이 미라를 찾아왔다. 술에 잔뜩 취해서는 미라야, 문 열어줘, 제발 문 열어줘, 비밀번호도 바꾸지 않은 원룸의 문을 두드리면서 밖에서 애원했다. 불꽃놀이의 밤 이후, 그는 미라가 문을 열어줘야만 들어왔다. 집 안으로든 미라의 몸으로든 그랬다. 그날 밤, 미라는 민혁과 몸을 섞다 말고 그의 목을 두 손으로 조르기 시작했다. 느낌이 어때? 넌, 느낌이 어때? 민혁은 가만히

눈을 감고 있었다. 아니, 그렇다고 생각했는데, 민
혁은 그때 용암이라도 분출하듯 사정을 했던 것
이다. 부르르 몸 한 번 떨지 않은 채, 온몸 전체를
터뜨려버린 분출이었다.

할 수만 있다면 세상 끝까지 도망을 쳤을 거야. 세상
끝이 어딘지 알았으면, 거기까지 갔을 거야. 아니, 거기까
지 가서도 계속 도망쳤겠지. 지금도 이렇게 도망치고 있
는 걸 보면 … 그런 마음인 걸 보면…….

나는 그 자식이 죽는 걸 보지도 못했어. 정말이야. 내
가 그 집에서 나올 때만 하더라도 그 자식은 멀쩡히 살아
서 본드를 하고 있었거든. 죽인다, 죽인다, 자꾸 그런 헛
소리를 하면서. 맛이 완전히 가 있었던 거지. 가도 완전히
다 가버렸던 거지. 그게 지겹더라고. 갑자기 지겨웠어. 난
사실 그 자식이랑 친구도 아니었어. 걔뿐만이 아니야. 친
구는 하나도 없었어. 그런 것들이 무슨 친구야. 개새끼들.
씨발년들.

그날 난 먼저 나왔어. 애들이 다 맛이 가 있는 걸 보고
는 그냥 먼저 나왔는데, 그 이튿날, 그중에 한 놈이, 송중
호란 놈이 찾아왔더라고. 그 집엘 다시 가봐야 한다면서.

왜 그러는 건 줄도 모르면서 가봤어. 갔더니 거기 죽어 있더라고. 전날 밤부터 죽어 있었다는 거야. 아니, 그런 것 같다는 거야. 그 자식 죽는 걸 봤다는 애들이 하나도 없었어. 다들 그러는 거야. 죽어 있더래. 최윤재가 오줌을 줄줄 싸더만. 한 놈은 발광을 하고, 황경선은 울고 있었나. 걔는 우는 것도 이쁘더라. 누가 자꾸 소리를 질러서 송중호가 아가리 닥치라고 하더니 주먹질을 하던 기억이 나네. 한 놈이 죽어 자빠져 있는데, 그놈 죽어 있던 것보다 그 애 입에서 피가 줄줄 흐르던 기억이 더 선명하네.

그래, 남자애들이 셋, 여자애가 둘이었어. 죽은 애를 빼고도 그랬다고. 그러니까 난 겨우 6분의 1이고, 그 전날 밤 거기에서 제일 먼저 나온 게 나였으니까 그 6분의 1도 다 내 책임은 아니란 말이야. 안 그러니, 미라야? 내가 거기서 나오고 나서 무슨 일이 있었는지, 내가 어떻게 아느냔 말이야.

교회에 갔었어. 하나님, 하나님, 하나님. 부들부들 떨면서 기도를 했어. 그랬다는 거야. 내 생애 그렇게 간절한 기도는 없었다는 거야. 한 번만 봐달라고 했어. 한 번만 봐주면 정말 착하게 살겠다고, 정말 정말 착하게만 살겠다고, 그러니까 딱 한 번만 봐달라고.

그리고, 어느 날 네가 온 거야. 네가 봄비처럼 왔어. 네가 내 온몸을 적시고, 네가 내 온 마음을 적셨어. 행복해지고 싶어진 거야. 더 도망가지 않고, 너랑 같이, 세상 끝이 아니라 여기 이 세상 속에서 너랑 같이 살고 싶어진 거야. 널 위험하게 만들지 않을 거라고 약속할 수 있어. 너한테는 아무 일도 일어나지 않게 할 거라고 약속할게. 하나님도 아실 거야. 난 정말 많이 반성했거든. 하루도 반성하지 않고 지나간 날이 없어.

그래서 말하는 거야. 미라야, 널 사랑해. 네가 날 떠난다고 하면 그게 내가 받을 수 있는 가장 큰 벌이 될 거야. 그러니까 제발 더는 묻지 마. 안 죽였어. 절대로 안 죽였다고. 그 씨발새끼를, 나는 안 죽였다고.

미라는 한 달쯤 후, 다시 시골집을 찾아갔다. 회사에 또다시 연차를 내고 민혁에게는 간다는 말도 없이 나선 길이었다. 아픈 아이를 돌보는 동안 미라는 툭하면 연차를 내고 툭하면 조퇴를 했다. 싫은 소리를 들어도 상관없다는 태도였는데, 사실이 그랬다. 미라는 직장 생활에 완전히 마음이 떠나버렸다.

대신 그 마음속으로 시골집이 들어왔다. 회사에서 고객들을 상대하는 동안, 집에서 아픈 아이와 함께 있는 동안, 시골집이 마음에서 떠나지를 않았다. 밥을 먹는 동안에도, 잠을 자는 동안에도, 길을 걷고 있거나 전철을 타고 있는 동안에도 시골집이 내내 눈앞에 있었다. 마당의 벚나무가 보이고, 그 벚꽃들이 눈앞에서 난분분 흩날리고, 물비린내와 햇살 냄새를 동시에 풍기는 바람이 불어왔다. 돌아갈 때가 된 거라고 미라는 생각했다.

　인터넷에서 이장 일가의 사진을 발견하는 일이 없었더라도 미라의 꿈이 그렇게 순식간에 부풀어올랐을지는 알 수 없는 일이었다. '친절한 주인장님 가족과 함께'. 사진에 붙어 있던 그 글귀가 툭 하면 눈앞에 나타났는데, 그때마다 그녀는 코웃음을 쳤고, 그러고 나서는 순식간에 입매가 단단해졌다. 이장네가 친절한 펜션 주인장이 될 수 있다면 미라도 못할 리가 없었다. 못할 일일 리가 없었다.

　미라에게는 돈이 있었다. 엄마가 남겨준 보험금. 엄마의 목숨값. 미라는 그 돈을 지키기 위해

고군분투했다. 열네 살부터 열여덟 살까지, 열여덟 살부터 다시 그때까지. 투자 같은 건 엄두도 내지 못했다. 잃지 않고 가지고만 있는 것도 노력이 필요하지 않은 일은 아니었다. 그건 마치 채에다 밀가루를 받쳐놓은 것과 같아서 그릇을 바꿔주지 않는다면 한번 만져보지도 못한 채 없어져버릴 수도 있는 것이었지만 그릇을 잘못 바꿨다가는 한순간에 흔적도 없이 사라져버릴 수도 있는 일이기도 했다. 그래서 그녀는 계산하고 계획하고 포기하고, 다시 계산하고 계획하고 포기했다. 그 일이 얼마나 피곤한 일인지는 하느님만이 아실 것이다. 그녀는 한번 써보지도 못한 돈 때문에, 그런데도 맨날 쑥쑥 줄어드는 것이나 마찬가지인 그 돈 때문에 늘 피로에 지쳐 치도곤이 되어 살았다.

그러나 이제 난생처음 용기란 게 생겼다. 더 정확히 말하면 꿈이었다. 돌아갈 곳에 대한 꿈, 그리고 집에 대한 꿈. 그녀의 집, 그녀와 아이의 집에 대한 꿈…….

시골집에 혼자 내려간 그날 미라는 이장 일가

를 만났다. 가는 길에 사진 속 펜션이 보여 택시에서 내렸더니 이장 부인이 펜션 정원에서 빨래를 널고 있는 게 보였다. 이장이 2층에서 청소기를 들고 내려오다가 먼저 미라를 알아보았다. 땀을 많이 흘려 얼마 남지 않은 머리카락이 이마에 축축 달라붙어 있는 이장의 모습은 친절해 보이지도 행복해 보이지도 않았다. 다만 피로해 보일 뿐이었다. 그랬음에도 이장은 난데없이 나타난 미라를 지나치다 싶을 정도로 반가워했다. 마치 집을 나갔다 몇 년 만에 돌아온 조카를 반기기라도 하는 듯했다.

그날 미라는 그 펜션이 이장의 소유가 아니라는 걸 알게 되었다. 펜션 주인은 서울 사람이고 이장은 관리만 한다는 것인데 인근 펜션의 상당수가 그런 식이라고 했다. 미라는 이장 내외에게서 그녀가 알고 싶은 대부분의 정보를 얻을 수 있었다. 생각지도 못했던 것도 알게 되었는데, 그녀의 시골집에 뜨내기가 들어와 사는 것 같다는 얘기였다. 문제가 생기기 전에 집을 헐어버리든가 하는 게 나을 거라고 말하면서 이장이 미라의 허리를 슬쩍 건드렸다. 헐어버리고 나서 하나 지으란 말이지, 이런 거. 이장이 말을 이었다. 미라네 시골집이 목이 좋고 경관도 좋은 곳에 있어서 이런 펜션 하나 지어놓으면 아주 잘될 거라고 했다. 집 짓는 거야 조립식으로 하면 돈 얼마 안 들여서도 지을 수 있고 은행에서 돈도 잘 빌려주더라고, 지어만 놓으면 미라는 내려올 필요도 없이 자기들이 알아서 다 관리해줄 테니 이게 꿩 먹고 알 먹고가 아니겠느냐고, 듣는 사람도 없는데 목소리를 낮춰 속삭였다. 미라는 바보가 아니었다. 미라가 진짜 조카였다면 이장은 이렇게 말하지 않았을 것이다. 펜션 사업이란 게 겁 없이 달려들었다가는 쪽박 차기 십상인 일이라는 걸 먼저 경고해주었을 것이다. 상관없었다. 미라는 바보가 아니었고, 그 정도는 이미 알고 있었다. 인터넷에 올라와 있던 이장 일가의 사진만 들여다보면서 펜션의 꿈을 꿨던 건 아니었다. 조사를 했고, 문의를 했고, 수도 없이 은행을 들락거렸고, 고려하고, 또 고려한 일이었다.

미라는 이장 내외가 준 매실차를 마시고, 과일

을 먹고, 또 커피까지 한 잔 더 마신 후 그 펜션에서 나왔다. 미라네 시골집이 그곳에서 가깝지 않은 거리여서 이장이 차로 데려다주겠다고 하는 걸 마다하느라고 잠시 옥신각신을 해야만 했다. 이장은 미라가 시야에서 사라질 때까지 오래 펜션 입구에 서 있었고, 미라는 자신의 뒤를 쫓아오는 이장의 시선을 느꼈다. 어려서부터 알던 아이, 불쌍하게도 엄마와 아빠를 다 어려서 잃은 아이, 자신이 조카처럼 챙겨줬고 때로는 친자식처럼도 챙겨줬던 아이…… 불쌍하고 딱한 것……. 이장이 멀어져가는 자신을 바라보며 하고 있을 그런 숱한 생각들 중 진심이 아닌 것은 없을 것이다. 그 정도는 미라도 알고 있었다. 문제는, 누군가는, 자신의 진심조차 속일 수 있다는 사실이었다.

이장만큼이나 미라도 이장에 대해 많은 것을 기억했다. 그가 쪄주었던 찐 감자나 옥수수 따위들. 그 감자 껍질을 손수 까주고 옥수수의 털을 일일이 떼어내주던 그 친절한 손. 때로는 서울 올라갈 때 쓰라고 만 원짜리 한 장을 쥐여줄 때도 있었다. 그때마다 짓어들던 이장의 눈가도 기억했고, '불쌍한 것, 불쌍한 것' 하던 이장의 진심 어린 목소리도 기억했다. 그러나 또한 버르장머리 없는 년이라고 그녀를 떼밀던 손길, 에미 애비도 없는 년이라고 모질게 내뱉던 욕설, 그녀의 머리를 사정없이 쥐어박던 그 마디진 손을 기억했다.

시골 버스는 배차 간격이 떴다. 버스 시간을 기다리느니 미라는 걸어서 가기로 마음을 먹었다. 집까지 도착하는 동안 그녀는 세 채의 펜션을 더 봤다. 세 채 다 호수를 끼고 있었는데, 그 펜션들을 곁에서라도 둘러보느라 길을 에둘러 가는 동안 미라는 엄마가 낚시를 하던 곳에 이르렀다. 그 사이에 낚시터의 지형도 바뀌고 물고기가 사는 곳도 달라졌는지 엄마가 붕어와 빠가사리와 쏘가리를 잡아 올리던 낚시 포인트는 이제 그냥 풀숲만 우거져 있었다. 길도 나 있지 않은 그곳의 우거진 풀을 헤쳐가며 미라는 호수 쪽으로 더 내려가보았다. 혹시라도 그 아래에 낚시꾼들이 있지 않을까 궁금했으나 보이는 것은 여전히 시퍼런 풀들과 시퍼런 물뿐이었다. 물은 고요했다. 모든 소리를 다 삼켜버릴 것 같은 물의 정적. 왜가리

두 마리가 갈대숲에 완벽한 정지 자세로 서 있었다. 한순간에 먹이를 포착하려는 포획자와 그 한순간을 필사적으로 피하려는 먹이 사이의 팽팽히 당겨진 정적이었다. 왜가리들이 떠나는 순간 개구리들이 미친 듯이 울어대기 시작하고 물고기들은 물 바깥으로까지 뛰어오를 것이다. 미라는 자신이 그런 것들을 알고 있다는 사실이 놀라웠다. 그토록 오래전에 떠나왔건만 그녀는 잠시도, 조금도 그곳을 떠난 적이 없었던 것만 같았다.

미라는 이장의 펜션에서 나온 후 거의 한 시간이 지나서야 자신의 시골집에 도착했다. 멀리서 봐도 다 허물어진 집의 전경이 뚜렷했는데, 그런 집에 어떤 뜨내기가 들락날락한다는 건지 알 수 없었다. 미라는 긴장을 한 채 집 앞으로 다가갔다. 아직 해가 저물기 전이기는 했지만 인적이 드문 시골이었다. 빈집에서 무엇이 튀어나올지는 누구도 알 수 없는 일이었다. 미라를 놀래킨 건, 그러나 빈집에 있을지도 모르는 그 무엇이 아니라 그 빈집의 마당이었다.

마당이 꽃으로 가득했다. 그냥 핀 꽃이 아니라

누군가 정성 들여 가꾼 꽃밭이었다. 미라는 꽃 이름에 대해서는 무지했다. 기껏 아는 게 제비꽃이나 패랭이꽃 정도였는데, 그 제비꽃, 패랭이꽃이 옆마당에서부터 뒷마당까지 가득했다. 만일 자신이 관광객이었다면 일부러 이 빈집 앞에 와서 사진을 찍었을 것 같았다. 그러니까 여긴 그냥 빈집이 아니라 아름다운 빈집이었다. 놀라울 정도로 아름다운, 빈집.

미라는 그 빈집에 누군가, 혹은 무엇인가가 있을 수도 있다는 긴장마저 놓아버린 채 홀린 듯이 뒷마당으로 걸어 들어갔다. 누군가의 등이 보였다. 누군가 뒷마당에 쭈그리고 앉아 꽃을 심고 있었다. 그 누군가가 미라의 기척을 느끼고 뒤를 돌아보았다. 천문대였다.

미라는 천문대를 금방 알아봤다. 그렇게 금방 알아보는 게 이상할 정도로 늙어 있었는데도 그랬다. 그사이에 천문대에게는 무슨 일이 있었던 것일까. 아무 일이 없었다고 해도 그만큼 늙을 만큼의 세월이 실은 흘러 있었다. 자그마치 20년,

정확히 20년이었다.

　미라와는 달리 천문대는 미라를 금방 알아보지 못했다. 미라가 저 미라예요, 미라요, 미라라고요…… 세 번을 반복해 말한 다음에야 천문대의 얼굴이 꿈틀했다. 그 표정이 놀라움인지 반가움인지 알 수 없었다. 살이 많이 빠졌구나, 한참 만에야 천문대가 입 밖으로 낸 첫마디였다. 미라가 천문대를 마지막으로 본 것이 엄마의 장례식 때였다. 장례식장 안으로는 들어오지도 못하고 병원 마당에만 서 있던 천문대를 봤었다. 자신의 애인의 장례식장을 도둑처럼 지켜볼 수밖에는 없었던 천문대는 애인의 영정 사진을 보지 못한 것은 물론이고, 해골처럼 뼈만 남아 있던 애인의 딸도 보지 못했던 모양이었다. 사고 직후 천문대에게 온갖 저주를 퍼부어댔던 마지막 만남 때까지만 하더라도 미라는 아직 살이 그렇게 많이 빠지지 않았었다. 사고가 난 이후 마음은 순식간에 지옥이었는데, 몸은 천천히 반응했다. 사고가 나고 엄마가 죽어가고 있는데 입으로는 밥이 들어갔다. 열네 살 미라는 흐느끼면서도 밥을 먹었고, 엄마,

엄마, 엄마 하면서도 밥을 먹었다. 살이 빠지기 시작한 후에도 마찬가지였다. 한번 빠지기 시작한 살이 가죽에 달라붙을 지경이 되어서도 미라는 밥을 먹었다.

천문대와 시골집에서 다시 만난 그날도 둘은 밥을 먹으러 갔다. 근방에 어죽을 하는 집이 있었다. 천문대는 묵묵히 그 어죽을 먹었다. 민물 생선을 싫어하는 미라는 거의 먹지 않았다. 미라는 주로 물었고, 천문대는 간간이 대답했다. 그러니까 꽃을 심은 이야기. 어느 날부터 미라의 시골집이, 한때 그의 애인이었던 여자가 살던 집이 빈집이더라고. 그 빈집이 순식간에 허물어져가는데 그걸 바라보는 자기 마음도 그렇더라고. 그런데 할 수 있는 일이 그 빈집 마당에 꽃을 심는 것뿐이더라고.

그 시골집에 사람들이 살던 동안에는 천문대 뒤뜰에 꽃을 심었다고 했다. 그 꽃밭이 커지고 커져 나중에 그 천문대의 명소가 되었는데, 그가 정년이 지난 후에도 천문대에 머물 수 있었던 것은 그 꽃밭 덕분이었다는 것이다. 천문대가 연구소로서의 역할을 끝내고 관광지로 개방이 되었을 때, 꽃밭과 함께 그 역시 천문대의 관광 상품이 되었다. 무슨 까닭인지 사람들은 하루 종일 꽃을 가꾸는 늙은이의 사진을 찍는 것을 좋아했다. 천문대는 그런 순간들이 괴로웠다고, 들릴 듯 말 듯 말했다.

너는 잘 살고 있니.

그날 천문대가 미라에게 물은 말은 그것뿐이었다. 그것도 미라가 궁금한 게 없냐고, 뭐든지 물어보라고 채근을 한 이후에야 간신히 한 말이었다. 미라의 입매가 실룩실룩했다. 그녀는 물수건으로 얼굴을 덮고 한참 동안 울음을 참았다.

펜션을 짓겠다는 꿈은 엉뚱하게도 인터넷에서 발견한 이장 일가의 사진으로부터 시작된 것이었지만, 그날 그곳에서 천문대를 만나지 않았더라도 그 꿈이 실제로 그렇게 실현될 수 있었을지는 모를 일이다. 그 후 1년, 천문대는 미라가 필요로 하는 곳이라면 어디든지 그곳에 있었다. 건축업자를 만나고 흥정을 하는 건 미라의 일이었지만, 건물이 지이지는 동안 대부분의 시간 동안 그 업자들과 함께 있었던 건 천문대였다. 업자들에게 잔소리를 하고 자재를 점검하고 전기 설비에 대해 싫은 소리를 늘어놓다가 나중에는 직접 공구를 들었다. 그는 이미 70이 가까운 나이였고 나이보다도 훨씬 늙어 보였지만, 그러나 펜션을 짓는 일에 달라붙었을 때는 청년 못지않았다. 그는 빈집에 꽃을 심었듯이 그 빈집을 허물어버린 터에 집을 심었다. 아름다운 집이었다. 미라는 자신만큼이나 천문대가 그 집에 홀려 있다는 걸 알았다.

미라는 일찌감치 펜션의 이름을 정했다. 자기 이름을 따서 '미라펜션'이었는데, 시댁 식구들이 미라를 미워하기 시작한 시점이 있다면 아마도 바로 그 순간부터였을 것이다. 그즈음에 이르러서는 미라에게 어느 정도의, 구체적으로 어느 정도인지는 몰랐지만, 어쨌든 어느 정도는 돈이 있다는 걸 민혁도 알고 있고, 시댁 식구들도 알고 있었다. 그렇더라도 이건 내 거, 누구도 못 건드리는 내 거라고 시위를 하듯이 그 펜션에 자기 이름을 붙이겠다는 미라의 고집은 시부모에게는 서운함을 넘어 노여움이 되었다. 시아버지가 순한 사람이고 시어머니가 다정한 사람이어서 다행이었다. 그렇지 않았다면 분명히 그로 인한 불화가 빚어졌을 것이다.

민혁으로 말하자면 자포자기에 가까웠다고 말할 수 있을 것이다. 그는 다만 아무것도 잃고 싶지 않을 뿐이었다. 어떤 일이 벌어진다고 하더라도 자신이 미라를 사랑하고 아들을 사랑하고 부모님과 여동생을 사랑한다는 사실만이 중요하다고 여겼다. 자신의 평범하고 소박한 삶이 매 순간 감사한 건 아니었지만, 문득문득 얼마나 놀라운지 미라는 알지 못할 것이라고 그는 생각했다. 그래서 미라가 시골집에 혼자 다녀왔다고 말하고, 대출을 알아봤다고 말하고, 실은 자기에게도 약간의 돈은 있다고 말하고, 그래서 펜션을 짓겠다고 통보하듯이 말했을 때, 그는 온몸을 장악해오던 그 순간의 불길함을 그냥 삼켜버렸다.

그러나 다 삼키지 못한 것도 있었다. 돈 문제가 특히 그랬는데, 미라가 자신의 재산을 왜 그렇게 태연하게 숨기고 있었는지에 대해서였다. 왜 그래야 했는지가 아니라 왜 그래도 된다고 생각했는지. 어느 날 어느 순간부터 그는 미라에게 이길 수 없게 되어 있었다. 운명처럼 그렇게 되어버린 일이었다. 그래서 미라가 이를 악물고 그를 할퀴려고 달려들 때, 사나운 이빨을 드러낸 채 맹수처럼 달려들 때, 그는 묵묵히 그 폭력을 견뎠다. 그렇더라도 미라가 그에 대해서라면, 그게 무엇이든 그에게는 숨겨도 좋다고 생각한다면, 그렇게 생각하는 게 사실이라면, 그건 그에게는 더한 폭력이 될 것이었다. 왜냐하면 자신에게는 더는 남은 비밀이 없었기 때문이다. 적어도, 그는 그렇게 믿고 있었던 것이다.

5

　첫 손님은 펜션을 열고 보름 만에 들었다. 생각보다는 늦은 첫 손님이었지만 새 건물에 생긴 이런저런 문제들을 처리하느라 초조해할 겨를조차 없이 시간이 지나갔다. 창문틀 사이로는 비가 들이쳤고, 방충망은 틈이 잘 안 맞았고, 하수가 역류하기도 했다. 심지어는 무늬가 다른 침대 시트와 베개 커버가 배달되어 오기도 했다.

　무엇보다도 큰 문제는 새집 냄새였다. 하루 온종일 모든 문을 다 열어놓고 있어도 새집 냄새가 빠지지 않았다. 미라는 두통과 가려움증에 시달렸고, 쉬지 않고 온몸을 긁어대느라 피부 비듬이 잔뜩 긴 손톱을 물어뜯으며 자신처럼 예민한 사람이 첫 손님으로 오게 될까봐 걱정했다.

그럼에도 불구하고 펜션은 정말이지 근사했다. 꿈꾸었던 모든 것이 그곳에 있었다. 넓은 잔디 정원, 그 정원에 놓인 그네 벤치, 꽃밭과 채마밭, 2층의 나무 테라스, 그 테라스에 놓인 작고 예쁜 원탁, 그리고 하얗게 흔들리는 커튼들까지. 뒷마당의 빨랫대, 햇살에 뽀송뽀송 말라가는 시트들, 그리고 넓은 주방과 크고 튼튼한 식탁, 세트로 맞춰놓은 식기와 찻잔들. 무엇보다도 하얀 펜스로 둘러쳐진 담장. 그녀는 그때까지 담장이 있는 집에서 살아본 적이 없었다. 담장이 생기면서 그녀의 집과 그녀 밖의 세계가 더는 뭉쳐 있지 않게 되었다. 그러므로 완벽하고, 완벽하고, 완벽한 집이었다.

미라펜션이 지어지는 동안 근방에 두 채의 펜션이 더 생겼고, 세 채의 펜션이 문을 닫았다. 문을 닫은 펜션 중의 하나가 이장네가 일하던 펜션이었다. 펜션 일을 그만둔 이장네는 매운탕집을 열었다. 그 얼마 전에 티브이 오락 프로그램에서 호수 둘레길이 소개된 적이 있었는데, 그 후 인근의 매운탕집과 어죽집들이 문전성시를 이루기 시작했다. 새 식당들이 우후죽순처럼 생겨났다. 마을 사람들까지 자기 집에 솥 하나 내걸고 가게를 여는 식이었는데, 그런 민가형 식당들이 또 방송에 소개되면서 인기를 끌었다. 이장네가 그중 하나였다.

미라는 여전히 민물 생선이라면 질색을 했지만 펜션 손님들에게 안내를 해야 할 경우를 대비해 인근에 맛집이라고 소문난 식당들을 순회했다. 이장네 식당은 굳이 들어가볼 생각이 없었지만 가게 앞에서 호객 행위를 하고 있던 이장이 미라와 천문대가 타고 있는 차를 세웠다. 이장은 또 미라를 집 나갔다가 몇 년 만에 돌아온 조카처럼 반겼다.

평일인 데다가 점심시간 때가 지나서인지 식당에는 손님이 없었다. 매운탕을 내온 이장이 그대로 식탁에 앉아 온갖 이야기를 늘어놓기 시작했다. 식당에 관한 이야기로 시작되었지만 나중에는 펜션에 관한 이야기였다. 인근에 이미 펜션들이 넘쳐나는데도 자꾸 지어대는 통에 펜션이란 펜션은 다들 파리를 날리고 있는 지경이라는 것, 대출 받아 펜션 지어놓고 깡통을 차게 된 서울 사람이 한둘이 아니라는 것, 펜션, 그거 겉으로 보기에나 근사하지 돈 잡아먹는 괴물이고 일하는 사람 입장에서는 농사일보다 더 등골이 빠지는 일이라는 것, 기타 등등, 기타 등등. 아직 첫 손님조차 받지 못한 미라로서는 전부 듣기가 괴로운 얘기들뿐이어서 밥맛이 다 뚝 떨어질 지경이었는데, 놀랍게도 마지못해 한술 뜬 매운탕은 기가 막히게 맛이 있었다.

"어때, 괜찮나?"

이장이 묻고, 또 천문대에게도 물었다.

"괜찮소?"

매운탕 맛이 괜찮냐는 뜻인지, 펜션 일을 하는 게 괜찮냐는 뜻인지 알 수 없는 질문이었다.

펜션을 한번 해보라고 꼬드기는 듯한 말을 하기는 했어도 미라가 정말로 그걸 해낼 거라고는 생각도 못 했을 이장은, 어느 순간부터 느닷없이, 그 모든 게 다 자기 덕이라고 여기기 시작한 것 같았다. 그냥 그렇게 생각하는 정도가 아니라 아예 굳게 믿는 게 틀림없었다. 미라에게 자기가 정보를 알려줬고, 어떻게 해야 하는지도 가르쳐주었고, 필요하면 자기네 식구 전부가 두 팔을 걷고 나서줄 거라고 안심을 시키기까지 했기 때문에 미라가 그 큰일을 시작할 수 있었다는 것이다. 그런데 미라는 인사 한 번을 제대로 안 한다는 것이다.

그래서 이장에게 미라는 '배은망덕한 년'이 되었다. 떡잎부터 그럴 줄 알았던 년이었다. 미라가 고아가 됐을 때 그걸 제일 딱하게 여겨준 게 바로 자기였고, 심지어는 아무 대가 없이 그 집을 관리까지 해줬는데, 그걸 한 해 두 해도 아니고 10년이 넘게 해줬는데, 고맙다는 말도 한마디 없는 '나쁜 년'이었다. 고맙다는 말만 없는 게 아니라 톡하면 패악이나 부려댔던 쾌씸한 년이었다.

그래도 겉으로는 늘 친절이 넘치는 이장이었다. 그날 이장이 자기 매운탕집에 오는 손님들에게 미라펜션을 소개해주겠다고 크게 인심을 쓰듯이 말했는데, 첫 손님은 바로 그날, 정말로 이장의 소개로 왔다. 손님들을 태우고 온 이장이 미라

를 한쪽으로 불러 자기가 말을 잘해서 보낸 손님
들이니 10프로 싸게 해주라고 말했다. 또 10프로
는 자기에게 달라는 말을 덧붙이는 것도 잊지 않
았다. 고맙다는 말을 돈으로 대신할 수 있어서 미
라는 오히려 다행이라고 생각했는데, 이장은 돈
도 받고 고맙다는 말도 받고 싶었던 모양이었다.
아무려나. 미라는 상관하지 않았다.

　이장이 데리고 온 손님들은 두 취객이었다. 어
찌나 취해서 왔는지 창고에 매트리스만 깔아줬어
도 코를 드르렁거리며 잠들었을 테지만, 미라는
제일 싼 방값으로 제일 좋은 방을 내줬다. 이튿날
아침 손님들은 새집증후군 같은 건 호소하지 않
았다. 그렇잖아도 숙취로 두통이 끔찍했을 것이
다. 괜찮은 손님들이었다. 일어나서는 펜션을 둘
러보고, 잔디밭에서 커피도 마시고, 사진도 찍고,
호숫가로 이어지는 길도 산책했다. 떠날 때는 아
주 환한 얼굴로 잘 묵었다고 인사를 했다.

　미라는 그날 점심, 천문대와 자장면을 먹으러
갔다. 곧 아이를 데려올 작정이었다. 그렇게 되면
민혁도 주말마다 내려오게 될 테고 시댁 식구들

도 뻔질나게 들락거리게 될 터이니 천문대와의 호젓한 날들도 그리 오래 남지 않은 셈이었다. 미라는 자장면을 시키고 탕수육도 시키고 중국술도 작은 병으로 하나 시켰다. 천문대는 운전 때문에 술을 마시지 않겠다고 해서 그 술을 미라가 혼자 다 마셨다. 어쨌든 간에 첫 손님을 맞은 건 굉장한 일이었고, 그 긴장이 한꺼번에 풀려서였는지 미라는 금방 취했다. 펜션으로 돌아오는 차 안에서 미라가 느닷없이 울기 시작했다. 천문대는 아무 말도 하지 않았고 묻지도 않았다. 미라는 천문대처럼 말이 없는 사람을 본 적이 없었다. 그의 말을 들으려면 몸 한가운데 지퍼라도 만들어 그 속의 말을 꺼내야만 할 것 같을 때가 많았다. 그러나 지퍼를 내려 꺼내면 그 속에서 나오는 것이 말뿐일까. 미라는 제풀에 울음을 그치고 코를 풀었다.

"아저씨."

미라가 다정하게 천문대를 불렀다.

"사람이 울면요, 왜 우냐고 그런 정도는 물어보세요."

앞만 바라보고 있던 천문대의 옆얼굴에 씨익 웃음이 번졌다. 다행이었다. 지퍼를 열어 말을 꺼내려고 했더니 그 속에서 웃음이 나온 것이다.

"미안해요."

미라는 또 말했다.

"아저씨를 너무 많이 미워했던 거……, 미안해요."

정명주는 첫 번째 싱글 고객이었다. 블로그를 통해 토요일 밤 예약을 한 손님이었는데, 나중에 전화를 걸어와 하루 먼저 와도 되겠는지를 물었다. 안 될 리가 없었다. 그때까지 미라펜션의 공실률은 90프로가 넘었다.

그 금요일 오후에는 시댁 식구들이 아이를 데리고 내려왔다. 민혁이 퇴근을 하고 내려오면 그야말로 오랜만에 온 가족이 다 모이게 되는 셈이라 낮부터 미라의 마음이 들떴다. 무엇보다 아이가 처음으로 엄마 집에 오는 날이었다. 아이를 기다리는 마음이 두근두근했다.

차에서 내린 아이는 잔디밭을 보자마자 멈칫했

다. 세상에 태어나 잔디밭이란 걸 처음 보는 아이처럼 한 발자국을 조심스레 들이밀더니 난데없이 신발까지 벗어 들었다. 그러고는 발끝을 든 채로 한 발자국, 두 발자국, 마치 얼음 위를 걷듯이 조심조심 잔디 위를 걷기 시작했다. 미라와 시부모가 동시에 소리를 내 웃었다. 시누이는 문 앞에서부터 이미 완전히 충격을 받은 모습이었다. 공사 초기 터만 잡았을 때 한 번 내려와 보고는 다 지어진 펜션은 처음 보는 것이니 그럴 만했다. 덩굴장미가 피기 시작한 아치형의 문 앞에 선 채로 말도 안 돼, 말도 안 돼, 라는 말만 반복하던 시누이는 아예 잔디밭에 쓰러져버리기까지 했다. 시부모는 혀를 찼고 미라는 웃었지만, 천문대는 놀란 기색이 역력했다.

"누구세요?"

시누이가 물었다. 그때까지 천문대는 숨은 듯이 미라 뒤편에 서 있었다. 시댁 식구들이 내려올 때마다 그의 몸이 늘 한 뼘쯤 더 작아졌다.

"우리 아저씨예요. 인사하세요."

미라가 대신 대답을 했다. 누구세요 물었던 시

누이는 어느새 관심을 잃은 듯했고, 늙은 천문대가 홀로 허리를 숙여 인사했다. 시어머니와 시아버지가 동시에 귀엣말을 하듯이, 그런데 저 양반이 일은 잘하나? 손 타는 건 없어? 물었다. 미라는 못 들은 체했다. 행복한 기분을 망치고 싶지는 않았다.

정명주가 도착을 한 건 이른 저녁, 식구들끼리 바비큐를 하고 있던 도중이었다. 같이 먹자고 해도 굳이 자리를 피했던 천문대가 감자를 굽고 있던 미라를 조용히 불렀다. 앞마당으로 나간 미라는 손님이 도착한 것을 그제야 알았다. 미라는 사무실로 뛰어 들어가 서둘러 2층 방의 열쇠를 가지고 나왔다. 정명주가 예약한 2층 방에서는 호수가 내려다보였지만, 바비큐를 하는 곳에서도 가까웠다. 미라가 사정을 설명하면서 시끄러우실 것 같으면 다른 방을 드릴까요, 물었을 때 여자는 아니요, 했다. 괜찮아요, 도 아니고 '아니요'.

미라는 2층 방으로 그녀를 안내하면서 이런저런 설명을 했다. 밤이면 아직 추우니까 담요가 더 필요하면 여기서 갖다 쓰라고 복도 끝의 비품실을 알려주고, 필요하면 사용해도 되는 공동 주방과 채마밭과 바비큐 시설에 대해서 설명하고, 그리고 주변의 관광지에 관한 안내도 했다. 차를 가져오지 않은 것 같아서 천문대로 올라가는 셔틀버스에 대해서도 알려주었다. 할 수 있는 한 최대한 친절하려는 노력이었지만 손님들 중에는 그렇게까지 하는 걸 싫어하는 사람도 있다는 걸 미라는 아직 몰랐다. 정명주는 미라의 설명을 듣는 둥 마는 둥 했다. 짐이 전혀 없는 걸 보고 혹시 칫솔이 필요하시면……, 하고 미라가 물었을 때도 정명주는 대답이 없었다. 조금 무안해진 미라가 그럼 편히 쉬세요, 인사를 했을 때에도 마찬가지였다. 미라가 열쇠를 침대 옆 협탁 위에 놓아두고 방에서 나올 때, 정명주는 테라스 창에서 호수를 내려다보며 서 있었다.

식구들과의 바비큐는 흥이 오르기도 전에 끝이 났다. 손님이 든 것을 알고 혹시라도 방해가 될까봐 시어머니가 닦달을 해서 서둘러 끝을 내버린 것이다. 미라가 바비큐 테이블이 있는 뒷마당으로 갔을 때, 시아버지는 숯을 꺼내는 중이었고 시어머니는 그 옆에서 그릇을 치우고 있었다. 아이와 시누이가 보이지 않았다. 잠시 후 미라는 시누이가 아이를 데리고 호숫가로 내려가는 것을 보았다.

"고모 그쪽으로 가면 안 돼요! 그쪽 길 어두워지면 위험해요!"

미라가 소리를 질렀음에도 시누이는 자꾸 호수 쪽 지름길로 갔다. 한동안 고모, 고모, 소리만 지르던 미라는 기어코 뛰어가 시누이의 팔을 잡아야 했다.

"여기 길 위험하다니까 그래요. 잘못하면 넘어져요. 굳이 가겠으면 고모만 갔다 오든가."

"언니."

"네?"

"나 여기서 일할래요."

"뭐요?"

"나 여기서 일할게요. 언니랑."

이런 일이 생길 줄 알았다. 미라는 시누이의 등을 호수 쪽으로 밀며 산책이나 다녀오라고 말했다. 시누이를 펜션에 둘 생각은 전혀 없었다. 시누이가 해야 할 일도 없었지만 해야 할 일이 있다고 하더라도 도움이 될 리가 없었다. 집에서도 설거지 한 번 안 하고 자기 속옷 한 번 안 빠는 시누이였다. 미라 본인부터가 시부모한테 아이를 맡기고 있는 처지에 시누이에 대한 불만을 말할 수는 없었다. 그러나 시누이가 펜션에 있겠다고 한다면 그건 정말이지 전혀 다른 문제가 될 거였다. 서울서 갑갑하게 있다가 이런 곳에 오니 참 좋구나, 나도 여기서 살고 싶구나, 펜션이 지어지는 동안 공사 현장에 내려올 때마다 툭하면 그런 말을 하던 시아버지도 부담스럽기는 마찬가지였다. 시어머니라고 다를 것은 없었다. 여기는 미라네 집이었다.

아이를 안고 다시 펜션으로 돌아오는 동안, 미라는 2층 방의 테라스에 서 있는 여자를 봤다. 여자에게 자기가 보일지 안 보일지도 모르면서 미라는 미소를 지어 보였다. 아이를 안고 있지 않았다면 아마 손도 흔들었을 것이다.

민혁에게서 출발한다는 전화가 왔다. 봄밤의 해가 빠르게 지고 있었는데 호수로 내려간 시누이가 돌아오지 않았다. 펜션에서 호수까지의 지름길은 펜션을 지으면서 대충 사람이 오고 갈 수만 있게 내어놓은 길이라 가파르고 위험했다. 호수 쪽 비탈에는 계단도 난간도 없어서 자칫 추락을 할 수도 있었다. 여름이 오기 전에 길을 좀 더 잘 닦아놓을 생각이기는 했지만 아직은 그 길에 외등 하나도 달아놓지 않은 상태였다. 전화를 걸어보았지만 벨 소리가 펜션 안에서 울렸다. 핸드폰도 가져가지 않은 것이다.

미라는 슬슬 불안한 생각이 들었다. 호수에는 밤 낚시꾼들이 있었다. 밤을 꼬박 새워 낚시를 하고 환한 아침이 돼서야 들어와 몸만 씻고 가는 투숙객도 있었다. 대부분은 숙소 같은 건 잡지도 않고 밤새워 낚시를 하다가 날이 밝으면 낚싯대를 거두어 돌아가곤 했다. 그러니까 밤의 호수만 바라보는 낚시꾼들, 물고기만 바라보는 밤의 남자들, 그게 더 위험한 것인지 아니면 그 반대인지 미라는 알 수 없었다.

주말 고속도로에 묶여 한밤중이 되어서야 민혁이 도착했을 때, 미라는 천문대와 함께 호숫가에 있었다. 시누이를 찾기 위해서는 아니었다. 지름길로 내려갔던 시누이는 미라가 찾아 나서기 전에 돌아왔다. 무언가로부터 도망쳐온 듯 숨이 가빴으나, 기껏해야 피해서 온 것이 산 모기들이었다. 시누이의 얼굴이 어느새 물린 자국투성이였다. 펜션에서 일하고 싶다는 생각 역시 완전히 사라져버린 얼굴이었다.

밤의 호숫가는 안전하지 않았다. 그러나 그날 밤, 미라는 그 호숫가에 있어야 했다. 그러지 않을 수가 없었다. 천문대도 마찬가지였다.

민혁이 도착했을 때는 잔디밭에서 아이가 혼자 울고 있었다. 잔디밭 한가운데에 주저앉아 두 손에 얼굴을 파묻은 채 울고 있는 아이의 울음소리가 너무 연약해 민혁은 처음에는 그것이 벌레의 울음소린 줄 알았다. 아이의 작은 몸집을 발견했을 때는 고양이인 줄로만 알았다. 길고양이 한 마리가 펜션 마당에 매일 드나든다는 말을 미라에게 들은 적이 있었다. 한밤중의 축축한 잔디밭에 쭈그리고 앉아 흑흑 느껴 울고 있는 게 자신의 아이리는 것을 알았을 때 민혁은 어찌나 놀랐는지

숨이 턱 막힐 지경이었다. 허겁지겁 달려가 아이를 들어 올려 품에 끌어안자 아이의 눈물 젖은 얼굴이 셔츠 앞가슴을 축축하게 적셨다. 놀라움에 이어 이해할 수 없는 불안과 통증이 스며들었다. 그 느낌이 불길했는데, 그 불길함이 너무나 익숙한 감정이라는 것에 민혁은 다시 한 번 놀랐다.

호숫가에 떠오른 정명주의 시체가 발견된 것은 그로부터 사흘 뒤였다.

그해 봄을 떠올리면 아름다운 것들만 떠오른다. 꽃들, 꽃잎들, 바람, 바람의 냄새, 풀벌레, 풀벌레의 울음소리, 그리고 햇살, 햇살의 온기……. 그해 봄에 미라는 자주 잔디밭에 나와 앉아 있었다. 잔디밭의 그네 벤치에 앉아 흔들흔들 흔들리던 끝에 깜빡 졸다가 깨어나면 어느새 파라솔 하나가 옮겨져 그녀에게 그늘을 드리우고 있었다. 천문대가 한 일이었다. 천문대는 언제나 그녀에게서 너무 가깝지도 않고, 너무 멀지도 않은 곳에 있었다. 미라는 자신이 잠든 동안에도 천문대가 자신을 지키고 있다는 걸 알았다.

아저씨.

미라는 천문대를 불렀다. 천문대는 소리 내서 대답하는 적이 없었다. 고개를 들어 올리거나 고개를 돌려 바라보거나. 고개를 끄덕이거나 고개를 갸웃해 보이거나.

아저씨.

그래도 미라는 천문대를 불렀다. 실은, 부르고 또 불렀다. 그해 봄 내내.

아저씨⋯⋯.

도대체 뭐가 문제인 걸까요. 난, 그냥 행복해지고 싶었을 뿐인데요.

벌레가 생기기 시작한 게 그날부터였다. 날개가 긴 날벌레들이었는데 날기도 하고 기기도 했다. 잠깐만 방심을 하면 그 벌레들이 방충망에 다닥다닥 붙어 있었고 방에서도 꼬물거렸다. 침대 시트 위에 무더기져 있는 걸 볼 때도 있었다. 천문대의 일이 바빠졌다. 벌레를 잡는 약을 치고, 벌레를 쓸어내고, 약 냄새를 환기시키고, 그래도 냄새가 빠지지 않을 때는 다시 청소를 하고 세탁도 다시 해야 했다. 그러나 밤이 되면 벌레가 또 날아왔다. 미라는 미라대로 바빴는데, 벌레들이 출몰하는 원인을 알아내야 했기 때문이다. 미라는 인터넷에 벌레의 사진을 올리고, 방제 업체에 문의를 하고, 동네 다른 집에도 그런 벌레가 생기는지를 알아보러 다녔다.

이장이 그 벌레를 한눈에 알아봤다. 여름이나 돼야 극성을 부리는 벌레들인데 왜 벌써 나왔는지 모르겠다면서 약을 치는 것 이외에는 달리 방법이 없다고 했다. 약을 치면 괜찮아질 테니 걱정 말라고 하는 대신 달리 방법이 없다고 말하는 것이 된통 한번 당해보라는 뜻으로 들렸다. 맛집 열풍이 순식간에 지나가버린 후 이장네 매운탕집은 썰물처럼 손님이 빠져나갔다. 기분이 좋지 않을 때는 언제나 그런 것처럼 이장은 미라를 '배은망덕한 년'으로 취급했고, 아무 맥락도 없이 미라가 버릇없이 굴던 일들을 들먹였다. 그러면서도 자기네 집에서 쓰던 살충제라며 종이봉투에 든 밀가루 같은 것을 꺼내다 주기는 했는데, 미라는 그걸 차 트렁크에 실어놓고는 다시 꺼내보지도 않왔다. 약이 독해서 효과가 직방일 거라는 그 약을 썼다가는 벌레만 죽을 것 같지는 않았다.

경찰이 찾아와 정명주에 관해 물었다. 정명주의 사진을 보여주며 그 여자가 호수에서 시체로 발견됐다는 말을 했을 때, 미라는 안고 있던 아이의 머리를 품 안으로 끌어당겨 경찰의 말을 못 듣게 했다. 너무 갑작스럽게 끌어안았으므로 놀라기도 하고 숨도 막혔을 터인데, 그래도 아이는 숨만 색색거리며 참았다. 이 아이는 도대체 어디까지, 무엇까지 참을 수 있는 걸까. 그 와중에도 미라는 그런 생각을 했고, 그런 생각 뒤끝에는 어김없이 통증이 따라붙었다.

미라는 정명주가 투숙객이었다는 걸 확인해주었다. 인터넷으로 예약했고, 예약하면서 카드로 숙박료를 완불했고, 자기 차로 오지 않은 데다가 짐도 전혀 없었기 때문에 말없이 그냥 퇴실을 한 줄 알았다고 진술했다. 전에도 그런 손님들이 있었기 때문에 전혀 이상하게 여기지 않았으며 정명주가 펜션에서 언제 나간 지도 알 수 없다고 말했다. 두 명의 경찰이 정명주가 투숙했던 방을 조사했다. 그날 이후로 다른 손님이 들었던 적은 없지만 이미 청소를 마친 상태였기 때문에 뭐가 나올 것이 있을 리 없었다.

미라는 그녀의 펜션에 묵었던 투숙객 하나가 죽었다는 것 이외에는 경찰에게서 더는 아무 말도 들을 수가 없었다. 무뚝뚝하고 불친절한 경찰들이었다. 정명주가 묵었던 객실에서 아무것도 찾지 못한 채 빈손으로 나오면서 경찰들은 이런 펜션을 하나 지으려면 돈이 얼마나 드나, 요새 펜션을 하면 먹고살 만큼 벌이는 되나, 그런 말들을 자기들끼리 나눴다. 떠날 때는 미라에게 눈길도 주지 않은 채 경례하는 시늉만 해 보였는데, 시늉뿐인 경례조차도 어쩐지 장난처럼 여겨졌다. 미라가 그 경찰들을 차까지 쫓아갔다.

"왜요?"

경찰 하나가 차에 타기 직전에야 물었다.

"여기서 죽은 건 아니잖아요."

"그런데요?"

"확실하게 하고 싶어서요. 개업한 지도 얼마 안 됐는데, 잘못 소문이 나기라도 하면……"

미라의 말이 끝나기도 전에 갑자기 반쯤 열렸던 차 문이 쾅 하고 닫혔다. 깜짝 놀랄 만큼 큰 소리로 차 문을 닫은 경찰이 악을 쓰듯이 소리를 지르기 시작했다.

"아줌마! 사람이 죽었는데 소문이 더 중요해, 아줌마는! 하룻밤을 자고 갔어도 여기 손님인데, 아줌마는 사람 생각은 하지도 않아? 장사만 중요하냐고! 사람이 죽었는데!"

차 안에서 운전대를 잡고 있던 또 한 명의 경찰이 빙글거리며 웃고 있는 게 다 보였다. 그러니까 죽은 사람이 불쌍하지 않은 건 이 경찰들도 마찬가지가 아닌가.

호숫가에서 발견된 게 시체뿐만이 아니었다는 걸 알려준 사람은 이장이었다. 그날 이장이 일부러 미라의 펜션까지 찾아왔다. 미라에게 나쁜 일이 생기기만 하면 한없이 친절해지는, 친절해지고 싶은 나머지 미라에게 나쁜 일이 생기기만을 기다리는 것 같은 이장은 얼마나 놀랐느냐며 미라의 손을 붙잡아 손등을 쓰다듬기까지 하면서, 그런데 걱정 말라고, 호숫가에서 그 여자 손가방이 발견됐는데 거기에 유서가 있었다더라고, 자기만 알고 있는 비밀을 알려준다는 듯 목소리를 낮춰 속삭였다. 하긴 이장이 아니라면 알 수 없는 사실들이었을 것이다. 이장은 지역의 모든 일을 알았고, 모든 사람을 알았다. 죽은 정명주가 이 지역 사람이었다면 그 여자가 죽은 사연도 알았을 것이다. 사는 게 괴롭고 힘들어서 죽는다고 썼다는 그 간단하고 진부한 유서 내용 말고도 알 수 있는 게 얼마든지 있었을 것이다. 그래도 그 여자가 여기서 목매달아 죽은 게 아니라 얼마나 다행이냐고 이장이 말할 때, 미라는 그 여자가 묵었던 2층 방을 올려다보고 있었다. 목을 매달아 죽었어도 정원 쪽에서는 그 목매달린 시체가 보이지 않았을 것이다. 흔들거리는 것, 흔들리다 멈추는 것. 시계추가 멈추듯이 죽음이 정지되는 순간, 아니 죽음이 완성되는 순간. 정명주가 2층 방에서 목을 매달아 죽었어도 미라는 그 과정의 어느 한 순간도 볼 수 없었을 것이다.

이장이 그날 미라네 펜션 주변을 샅샅이 훑고 다녔다. 어디 혹시 손볼 데가 있는지 한번 봐주겠다는 것이었지만 실은 궁금함을 참지 못하는 것이다. 유서를 써놓고 호수에 빠져 죽었다는 그 여자는 왜 하필이면 여기까지 와서 죽었을까. 유서가 들어 있는 손가방을 얌전히 내려놓고서. 죽으려는 사람이 손가방을 들고 나가다니 이상하지 않은가. 게다가 죽으려면 호수로 천천히 걸어 들어가도 됐을 텐데 왜 뛰어내렸을까. 뛰어내리다가 머리가 깨지고, 물속에 잠기기까지 했을까. 꼭 누가 떠밀고 밀어 넣기나 한 것처럼.

경찰이 다녀간 날에는 예약 손님이 없었다. 평일에는 늘 그랬다. 블로그와 여행 사이트의 예약창에 평일 할인이라는 배너를 대문짝만 하게 걸어놓아도 마찬가지였다. 그날 하루 종일 미라와 천문대는 펜션 곳곳에 방충제를 뿌리고, 밤사이에 죽어 수북하게 쌓인 벌레들을 치웠다.

미라는 펜션을 짓는 데 자신의 전 재산을 털어넣었다. 펜션 사업이 잘 안 되어도 집과 땅은 남을 거라는 계산이 어느새 흔들리기 시작했다. 미라는 초조해하지 않으려고 노력했고, 그럴수록 더 바삐 몸을 움직여 마당의 잡초를 뽑고, 빨래를 하고, 벌레를 쓸어냈다.

그 주말에는 예약이 두 팀이나 있었다. 혜성이 지나가는 날이라고 해서 천문대에서 야간 행사가 있는 날이었다. 한 팀당 여섯 명이나 되는 학생들과 동호회원들이 각각 두 개씩의 방을 예약했고, 바비큐도 예약했다. 그렇게 많은 수의 손님을 치러본 적이 없던 미라는 완전히 흥분상태가 되었다. 불안이 사라지고 다시 희망이 차올랐다. 미라와 천문대는 객실을 다시 한 번씩 점검하고, 한 번 더 환기를 시키고, 바비큐에 쓸 숯이 넉넉히 있었음에도 또 숯을 사러 나가고, 혹시 채소가 부족할까봐 텃밭에도 넘치도록 있는 상추와 고추를 또 사 왔다. 손님들은 예약 시간보다도 빨리 도착을 했다. 차에서 내리자마자, 아니, 차에서 내리는 소리부터가 떠들썩했다. 이야, 여기 너무 좋다, 너무 이쁘다! 여자 손님들의 목소리는 마치 노래 같았다. 유쾌하고 명랑한 손님들이었다. 두 팀 다 천문대 행사에 왔다는 걸 알고는 곧바로 친해지더니 바비큐도 같이 했다. 술은 거의 마시지 않았다. 그 젊은 친구들의 명랑함과 건강함이 미라는 마음에 들었다.

　손님들이 바비큐를 하며 웃고 떠드는 동안, 미라는 사무실 앞에 의자를 내다놓고 앉아 뒷마당에서 들려오는 떠들썩한 소리에 귀를 기울였다. 그 북적거리는 소리, 그 웃음소리들이 마냥 좋기만 했다. 그게 바로 자신이 꿈꾸었던 것이라고 미라는 생각했다. 행복한 순간의 반짝임과 평화로운 순간의 숨결들……. 그러니까 좋은 손님들로 가득 찬 좋은 펜션, 미라네 집. 시댁 식구들은 알지 못하고 있었지만, 펜션의 이름을 미라펜션이라고 지은 것은 욕망의 표현이 아니었다. 그것은 소망의 표현이었을 뿐이다. 그녀가 갖고 싶은 것은 미라펜션이 아니라 미라네 집이었으니까. 그러니까 그녀의 집, 그녀의 방, 그녀와 그녀의 남편과 그녀의 아이의 집……. 그리고 아저씨, 어쩌면 그녀의 아빠가 되었을 수도 있었을 아저씨도 같이 사는 집……. 그렇게 자신의 집을 갖고 나서는 집에 오는 어떤 손님이든 잘 접대할 자신이 있었다. 좋은 집의 주인은 그런 거니까. 내 집에 온 손님들에게 무엇이든지 주고 싶은 게 좋은 주인인 거니까.

　손님들이 모두 천문대로 올라간 후에도 미라
는 여전히 안으로 들어가지 않고 의자를 잔디밭
한가운데로 옮겨놓은 후 밤하늘을 올려다보았다.
혜성이 지나갈 거라고 했다. 혹시 모를 일이다.
혜성은 지나가지 않고 그녀의 앞마당에 잠시 머
물지도, 찬란하게 빛나다가 찬란하게 잠깐 내려
왔다 갈지도. 천문대를 불러 같이 혜성을 보고 싶
었으나 부른다고 올 것 같지는 않았다. 그는 미라
가 필요로 할 때마다 늘 미라의 곁에 있었지만 늘
한 팔쯤의 간격을 두고서였다. 편안한 거리였지
만 때로는 서운한 거리이기도 했다.

　얼마나 오랫동안 하늘을 올려다보고 있었을까.
혜성은 좀처럼 보이지 않았다. 대신 길고양이가
잔디밭 안으로 들어와 그녀에게서 1미터쯤 떨어
진 곳에 자리를 잡았다. 툭하면 나타나 미라가 준
비해둔 사료를 잘도 먹으면서도 절대로 아주 가
깝게 곁을 주지 않는 고양이였다. 미라는 그 고
양이를 소천이라고 불렀다. 천문대 아저씨처럼
군다고 해서 '작은 천문대'라고 붙인 이름이었다.

아이와 같이 있을 때 나타나면 수동이라고도 불렀다. 아이의 이름인 수온이를 따서 수온이 동생이라고 부르는 거였는데, 아이는 고양이는 무서워했지만 그 이름을 부르는 건 좋아하는 것 같았다.

호수로 가는 지름길에서 무슨 기척이 들리는 듯했다. 손님들이 그 길로 자주 들락거려서 천문대가 임시로 길 입구에 전구를 달아놓았었다. 전선 길이가 부족해 초입까지만 설치할 수 있었는데, 그 전구의 불이 꺼져 있었다. 손님들이 나간 후 천문대가 불을 꺼놓았을 것이다. 어둠 속에서 풀잎이 부딪치는 소리와 함께 작은 짐승 같은 것이 기어 나왔다. 놀란 미라가 의자에서 일어섰고 그것도 멈칫 멈춰 섰다. 사람이었다. 짐승이 아니라 키가 작은 남자.

미라는 곧바로 누구냐고 묻지 않았다. 손님들 중에 천문대에 올라가지 않고 호수로 내려갔던 사람이 있었을 수도 있다고 생각했기 때문이다. 잠깐 멈칫했던 키 작은 남자가 미라 쪽으로 걸어오기 시작했다. 얼굴을 분간할 수 있을 만큼 가까워졌을 때에야 미라는 그가 손님 중의 하나가 아니라는 것을 알았다. 처음 보는 얼굴이었다.

"나, 송중호야."

남자는 반말을 했다. 미라는 여전히 바라보고만 있었고, 자신을 송중호라고 밝힌 남자는 천천히 걸어와 미라 바로 앞에까지 이르렀다. 술 냄새가 풍기지는 않았다. 대신 짙은 땀 냄새와 지독한 피로의 단내 같은 게 풍겼다. 미라가 한 발자국을 물러섰고, 남자는 미라가 앉았던 의자를 끌어당겼다. 그 의자에 털썩 주저앉으며, 그 남자, 송중호가 미라를 올려다보면서 물었다.

"알지, 나?"

미라는 대답하지 않았다.

"무서워?"

미라는 여전히 대답하지 않았다.

"혁이 그 자식은 날 무서워하더라고. 평생 그랬어, 그 자식은. 내가 꼭 사람이라도 죽인 것처럼 그렇게 쳐다본단 말이야. 기분 더럽게. 죽였으면 같이 죽였고, 안 죽였어도 같이 안 죽인 거고. 알지? 내 말 무슨 말인지?"

천문대를 불러야 할 것 같았다. 아저씨! 하고

있는 힘을 다해 외쳐 불러야만 할 것 같았다. 그런데 지금 천문대는 어디에 있을까. 어디에 있더라도 멀리에 있지는 않을 것이다. 언제나 그랬으니까. 그러나 이 작은 짐승 같은 남자, 이 남자를 늙은 천문대는 감당할 수 있을까. 손님들이 돌아오기 전에 이 이상하고 위험한 남자를 여기에서 사라지게 할 수 있을까.

"근데 명주는 왜 여기서 죽었어?"

송중호의 질문은 기습 같았다. 예상치 못하고 있는 동안 명치끝으로 푹 하고 꽂혀 들어오는……. 아니, 그런 주먹을 맞아봤다는 게 아니다……. 아니, 맞아본 적이 있는 것 같다. 아니, 분명히 그랬다. 불꽃놀이가 있던 밤, 프러포즈를 받을 줄 알았던 밤, 그 밤에 미라는 두들겨 맞은 게 아니라 그런 주먹에 맞았었다. 그랬었다. 그랬었던 느낌이 분명하게 떠오른다.

송중호가 갑자기 의자에서 튕겨 오르듯이 일어서며 미라의 손목을 잡아챘다. 미라는 소리조차 지르지 못했다. 손목을 잡히는 순간 그냥 눈앞이 번쩍하는 것 같았을 뿐이다. 혜성이 지나가지 않

고 그곳 어딘가에서 떨어졌다면 그건 바로 그 순
간이 아니었을까.

"말이 안 되잖아. 여기서 죽었다는 게. 넌 그게
말이 된다고 생각해, 씨발년아?"

혜성이 지나간다고 했던 밤, 혜성이 우주를 가
로질러 지구의 하늘을 지나갈 거라고 했던 밤, 그
날 그토록 아름다웠던 초록빛 긴 광선은 어디
에 있었을까. 섬광은 또 어디에 있었을까. 아무것
도 떨어지지 않고 아름답게 지나가기만 했다는데,
그토록 뜨거웠던 느낌은 무엇이었을까. 그녀는 그
때 어떤 우주에 있었던 것일까. 만일 또 다른 그녀
가 살고 있는 또 다른 우주가 있다면, 그 평행우주
에서 고양이는 살아 있을까, 죽어 있을까.

미라의 펜션은 방 다섯 개짜리 작은 펜션이었
다. 펜션이 잘되면 증축을 하기 위해 남겨놓은 부
지에는 지금은 꽃밭을 만들어놓았다. 벚나무를
둘러서였다. 미라가 기억하는 한 언제나 그 자리
에 있던 그 두 그루의 벚나무가 아주 늙은 나무

들이라는 걸 알게 된 건 펜션을 막 짓기 시작했을 때였다. 어떤 나무들이나 보통 수백 년씩은 사는 걸로 알고 있던 미라는 벚나무의 수명이 사람보다도 짧을 수 있다는 걸 안 후 충격을 받았다. 어떤 벚나무는 겨우 백 년을 살고, 어떤 벚나무는 백 년도 못 산다고 했다. 미라네 벚나무는 백 살도 안 됐는데 병들고 늙은 나무가 되어버렸다. 빈집을 지키는 동안 그렇게 되었을 것이다. 빈집을 지키자니 더 많은 꽃을 피워야 했을 터이다. 더 많은 꽃을 피우자니 더 빨리 늙었을 터인데, 벚나무는 늙으면 늙을수록 더 많이 꽃을 피운다는 것이다. 삶을 꽃으로 산화해버리는 나무였다.

정명주가 투숙했던 방에서는 그 벚나무가 보이지 않았다. 대신 호수가 내려다보였다. 저녁이면 호수에 노을이 붉게 물들었다. 그 붉은빛이 너무나 황홀해서 누군가는 홀린 듯이 그 물속에 풍덩 빠지고 싶기도 할 것 같았다. 정명주가 투숙을 하던 날, 미라의 시어머니가 여자 혼자 온 게 이상하다며 자꾸 쓸데없는 소리를 했었다. 옛날에는 여자 혼자 여관에 들려고 하면 방도 안 내줬다고도 했다. 시어머니가 그런 말을 할 때는 신경도 쓰지 않았었는데, 나중에야 그 말이 떠올랐다. 정명주가 죽고 나서였을까, 죽기 전이었을까.

정명주에게서 이상한 낌새를 느꼈던 것은 호수로 내려가는 시누이에게서 아이를 데려올 때부터였다. 그때 정명주가 테라스에 서 있었고, 미라는 그녀를 향해 미소를 지었었다. 다정하게 손도 흔들어주고 싶었는데 그럴 만한 상황이 아니라는 느낌이 왔다. 그 여자는 테라스의 난간에 기대서 있는 게 아니라 어딘가 막다른 곳에 발끝을 걸치고 있는 것 같았다. 어두워서 잘 보이지도 않는 거리였는데 왜 그런 느낌이 들었을까. 그러니까, 그 여자는 그 테라스에서 호수를 바라보고 있는 게 아니라 풍덩 뛰어내릴 준비를 하고 있는 것처럼 보였다는 것이다.

그날, 정명주가 뒷마당에 나왔었다. 시댁 식구들이 전부 안으로 들어가고 미라가 마지막으로 뒷정리를 하고 있을 때였다. 기척을 느끼고 돌아보았을 때, 정명주가 서 있었다.

"어디 나가시게요?"

어디 나가려면 앞마당으로 갔어야 했겠으나 길을 잘못 드는 손님들은 언제나 있기 마련이었다.

"물어보고 싶은 게 있어서요."

미라는 미소를 띤 채로 정명주의 다음 말을 기다렸다. 펜션 손님들은 늘 많은 걸 물어보았다. 길, 천문대의 운영 시간, 맛집의 위치, 그리고 낚시 포인트까지 물어보는 손님들도 있었다.

"거긴, 괜찮은가 해서요."

"어디요?"

"어디냐고 물으면······."

그때, 혹시 정명주가 웃음소리를 냈을까. 흘러나오는 듯하던 웃음소리······. 그랬을 것이다. 실소하는 소리, 빈정거리는 소리, 어딘가, 분명히 야비함이 느껴지던, 그런 웃음소리.

"마음이겠죠."

"네?"

"궁금해서 그래요. 난 안 괜찮거든요, 여기, 마음이. 그런데 거긴 괜찮아 보여서요. 거기 마음은 말이에요."

미라는 이번에는 네? 라고도 묻지 못했다. 무

슨 소린가? 무슨 소린지도 모르겠는데, 이유를 알 수 없게 손이 떨리기 시작했다.

"송중호가 낼모레 나와요. 가석방이래요. 그 나쁜 새끼는 잘 들어가기만 하는 게 아니라 잘 나오기도 하더라고요."

정명주는 계속해서 말했다.

"그런데 난 이제 더 숨을 데가 없네. 그래서 그냥 호수에나 빠져 죽을까 싶네."

미라는 송중호와 정명주가 민혁의 친구들이라는 걸 알고 있었다. 그러나 그들은 그녀의 친구들은 아니었다. 미라는 그들과 사귀었던 적이 없고, 그들과 무엇도 같이한 적이 없었다. 1994년 여름에 미라는 죽어가는 엄마 곁에만 있었다. 너무 더워서 사람이 죽기까지 했던 그해 여름에 미라는 매일같이 긴팔 카디건을 입고 병원의 지나치게 차가운 냉방을 견뎌야만 했다. 무슨 말인지도 못 알아듣겠는 우주 이야기를 읽고, 아니 그 책의 글씨들을 읽고, 그 책의 글씨들을 외웠다. 그것 말고는 달리 할 수 있는 일이 없었다. 했던 일도 없었다. 적어도 그해 여름에 미라는 죄지은 것이 없었다.

1994년 그해 봄과 여름에, 그리고 가을에는 사람들이 많이 죽었다. 러시아 비행기가 떨어져 사람들이 죽었고, 그 후 한 달이 지나 대만 비행기가 떨어져 더 많은 사람들이 죽었다. 그해 봄에는 커트 코베인이 죽었고, 그해 여름에는 자살골을 넣은 콜롬비아 축구 선수가 총을 열두 방이나 맞고 죽었다. 북한의 김일성이 죽었고, 성수대교가 무너져 사람들이 죽었고, 아현동에서는 도시가스가 폭발해 또 사람들이 죽었다. 지존파는 사람들을 납치해 고문하고 죽여 소각로에 태워버렸다.

대가를 치르는 건 죄를 지은 사람들이 해야 할 일이다. 그렇지 않은가? 그들이 지은 죄는 그들이 갚아야 하는 것이다. 그날, 정명주가 마침내 하려는 말이 돈 얘기라는 걸 알았을 때, 그래서 미라는 웃지 않을 수 없었다. 이것들이 단체로 미친 거 아니야? 그때 미라에게 가장 먼저 든 생각이었는데, 그 단체에 자신의 남편인 민혁도 들어 있다는 건 그때 깨달았거나 말았거나 상관없었을 것이다.

정명주는 자살을 했다. 자필로 적은 유서가 있

었고, 그걸 발견한 건 경찰이었다. 그러므로 송중호가 왜 정명주 여기서 죽었냐고 물었을 때, 미라는 무섭지 않았다. 송중호가 무서웠던 건 오히려 그가 그라는 것을 몰랐을 때였다. 작은 짐승처럼 호숫가 지름길에서 기어 나오던 '그것'이 미라는 무서웠었다. 약 치는 것을 조금만 소홀히 해도 출몰하는 벌레들처럼 짐승들도 그럴 수 있을 터인데, 그 짐승이 흉하고 나쁜 것이라면 그 출몰하는 짐승들은 무엇으로 잡을 것인가. 덫으로 잡을 것인가, 사냥총으로 잡을 것인가. 미라에게는 덫도, 총도 없었다.

그러나, 고작 송중호였다. 그리고 그녀는 송중호에 대해 알고 있었다. 정명주는 유서만 남긴 게 아니라 미라에게 하고 싶었던 말들도 남겼다. 하고 싶었거나, 할 수밖에 없었거나, 안 하고 싶었으나 결국 내뱉어졌거나. 미라는 송중호가 툭하면 감옥에 들락거리는 인간이라는 걸 알았고, 동거인인 정명주를 거의 죽기 직전까지 두드려 패기도 하는 인간이라는 걸 알았지만, 그건 그의 문제였고 그들의 문제였다. 미라는 그들의 친구가 아니었고, 1994년 여름에 미라는 그들과 함께 있지 않았다.

"유서? 웃기지 말라고 그래. 명주 그년 취미가 유서 쓰는 거였거든. 그년, 그런 식으로 죽어버린다고 만날 나 협박하던 년이야. 근데 유서 백 번 천 번 쓰는 동안 한 번도 안 죽은 년이야. 한 번도 안 죽었다고. 죽는 시늉도 안 했어. 근데 왜 여기서 죽었을까?"

송중호의 다른 한 손이 올라왔다. 미라가 움찔하는 사이, 그 손이 미라의 머리채를 휘어잡았다. 아아아아, 이 흉하고 나쁜 짐승을 어찌할 것인가. 미라가 송중호에게 잡힌 머리채를 풀어내리려고 기를 쓰는 동안 걸치고 있던 카디건이 벗겨졌다. 미라는 잔디밭을 벗어나 집 쪽으로 도망치려고 했지만 송중호는 다시 미라를 붙잡았고, 그 서슬에 미라가 잔디밭으로 쓰러지자 미라의 몸을 올라탔다.

"몇 푼 줘서 보냈으면 됐잖아. 그냥 몇 푼 쥐어주고 가라고 그랬으면 됐잖아! 간이 작아서 돈을 달래도 겨우 몇 푼밖에는 못 달래는 년이야. 근데 왜 여기서 죽었냐는 거지. 그러니까 말해. 말 안

하면 너도 묻어버릴 거야. 너도 감쪽같이 묻어버릴 수 있어. 너 내가 무슨 말 하는지 알잖아. 내가 삽질 전문인 거 알잖아. 그러니까 말해. 명주가 왜 여기서 죽었어!"

주먹이 날아들었다. 얼굴로 날아드는 주먹이 혜성처럼 번쩍했다. 그리고 뜨거운 액체가 얼굴을 덮었다. 혜성이 쏟아내는 뜨거운 열기였다. 아마도 그랬을 것이다. 그 밤에 혜성이 지구를 지나가지 못한 채 떨어졌다면, 그건 바로 그 순간이었을 것이다. 미라가 질끈 감은 눈을 떴을 때, 송중호는 이미 그녀의 몸 위에 축 늘어져 있었다. 천문대가 다시 삽을 높이 들어 올려 한 번 더 송중호의 머리를 내리쳤다. 그 밤, 혜성은 도대체 몇 개나 떨어진 것일까.

그런데 네가 온 거야. 네가 봄비처럼 온 거야. 네가 내 온 마음을 적셨어. 내 온몸이 다 젖어버렸지.

너랑 잘 때마다, 널 만질 때마다, 네 숨소리를 들을 때마다, 네가 웃는 걸 볼 때마다, 행복해질 때마다, 너는 내 마음이 어땠을지 상상이나 할 수 있겠니. 땅이 그렇게 쉽

게 파질 거라고는 상상해본 적도 없어. 군대에서 땅을 파
도 그렇게 쉽게는 안 파지던데. 그 전날 비가 왔었거든.
땅이 젖어 있었단 말이야. 화단이 있던 자리가 다 무너
져 있었어. 꽃 같은 걸 심었던 화단이 아니더라고. 소나
무 은행나무야 안 심었겠지만 김장독은 열 개라도 묻었
겠더만. 그 땅이 다 젖어 있는데, 씨발, 그 흙은 손으로도
파겠더만. 젠장, 남자가 셋이었는데 그걸 못 파? 송중호
그 새끼는 삽질 선수더라고, 씨발! 그리고, 그 개새끼, 김
주열이 그 새끼, 죽은 그 개새끼, 누가 그렇게 하래? 본드
도 적당히 해야 하는 거 아냐? 그런 건 암도 안 걸려? 많
이 하면 암도 안 걸리냐고? 씨발놈, 아주 가관이더만. 죽
은 놈이 좆나 더러워. 다 토해냈더만. 거품을 줄줄 흘리
고, 시퍼렇긴 왜 또 그렇게 시퍼래. 난 그때까지 시체가
무서운 건 줄로만 알았지 그렇게 더러운 건 줄은 또 처음
알았네. 아무튼, 개새끼, 그런 놈을 왜 내가 책임져야 해?
지가 저 혼자 죽었다는데 내가 왜 그래야 하냐고? 시멘
트, 그래 발랐어. 묻고 나니까 안심이 되는 게 아니라 더
무섭더라고 씨발, 좆나, 정말로 무섭더라니까. 아야, 하나
님 맙소사. 너는 상상이나 하겠니. 너랑 잘 때마다, 널 만
질 때마다, 행복해질 때마다, 네 숨소리를 들을 때마다 네

가 웃는 걸 볼 때마다. 내 마음이 어땠을지 너는 상상이
나 하겠니.

도망쳤었어. 세상 끝이 어딘 줄 알았으면 거기까지 도
망쳤을 거야. 교회에도 갔었어. 그러고 보니 그 교회에서
그 새끼를 처음 만났었네. 그런 새끼가 교회도 다니더라
고. 그래봤자 기집애 하나 꼬실려고 왔던 거겠지. 난 아니
야. 난 아니었다고. 난 정말 신을 믿었다고. 거기 있는 신.
다른 데 있는 신. 세상의 모든 신을 믿었단 말이야. 그래
서 한 번만 봐달라고 울면서 기도를 했어. 정말. 딱 한 번
만 봐달라고. 그 새끼 죽은 것도 잊어버리고. 그 새끼 묻
어버린 것도 잊어버리게 해달라고. 내가 그랬던 게 아니
야. 정말로. 내가 그러지 않았어. 죽이지 않았다고. 묻고
싶지도 않았어. 그냥 무서웠던 것뿐이야. 송중호 그 새끼
도 무섭고 죽어버린 새끼도 무섭고…… 그냥 도망치고
싶었어. 도망치고 싶었을 뿐인데. 끝까지 도망치지 못했
던 것뿐이야. 그리고 네가 온 거야. 봄비처럼…….

자정이 넘어서야 손님들이 내려왔다. 혜성이
지나간 후에도 밤하늘이 너무 아름다워 산을 내
려오기가 싫었다고 했다. 모두들 흥분한 기색이

역력했다. 세상에서 가장 아름다운 순간을 방금 지나온 사람들의 황홀이 가득했다. 누구도 쉽게 잠들지 못할 것처럼 보여서 미라는 냉장고의 맥주를 몇 병 꺼내다 주었다. 젊은 손님들의 환호가 대단했다. 인원수가 많아 잔디밭에 야외 테이블을 하나 더 내놓고서야 모두들 모여 앉을 수가 있었다. 미라는 상추와 양념을 테이블로 가져와 그 자리에서 상추 겉절이를 만들었다. 모두들 그 싱싱한 맛에 감동을 했다. 실은 누군가 버튼만 눌러주면 곧바로 딩동댕 소리라도 울릴 것처럼 이미 감동할 준비가 되어 있는 사람들이었다. 열두 명의 손님들, 방금 전 산꼭대기 천문대에서 혜성이 지나가는 걸 보고 온 사람들, 그중의 어떤 사람은 사랑에 빠지기도 할 것이다. 혜성을 같이 본 여자와 혜성을 같이 본 남자가.

미라도 그렇게 민혁과 사랑에 빠졌었다. 열세 번째의 소개팅 끝에 빠진 사랑이었다. 사랑에 빠지는 일에 이유가 어디 있겠나. 민혁이 미라의 원룸에 드나들면서 창가에 놓인 작은 꽃화분에 물을 주기 시작했었다. 그 모습이 그냥 좋았다. 물보다 햇볕이 더 필요한 꽃이라 꽃은 금방 시들었고, 곧 뿌리까지 죽어버렸다. 그런데도 민혁은 물을 줬고, 시들수록 더 많이 줬고, 죽은 후에도 계속 줬다. 사랑에 빠지는 건 그런 일이었다. 그까짓 꽃, 그까짓 물 한 컵, 그까짓 안타까움, 세상의 그 모든 그까짓 것들에 갑자기 빛이 쏟아졌다. 그러나 결국은 그까짓 빛, 그까짓 죽음, 그까짓 비밀이 아니었을까. 그때는 결코 몰랐지만, 지금도 결코 모를 일이지만.

민혁이 낚싯대를 가지고 내려왔다. 낚시 취미 같은 건 전혀 없는 사람이었는데 아예 작심을 한 듯 차 트렁크에 낚시 장비가 가득했다. 빌리기도 하고 새로 사기도 했다는 것이다. 생전의 엄마가 인근에서 그토록 유명한 낚시꾼이었어도 미라는 낚시에 대해서 아는 바가 별로 없었다. 실은 거의 없었다. 그녀는 엄마가 낚시를 하는 것도 싫고, 잡아 오는 물고기들도 싫었다. 가게에서 파는 미끼와 떡밥도 싫었다. 온 집 안에서 흙냄새와 이끼 냄새, 탁한 물 냄새, 민물고기 비린내가 가시지를 않았다. 그러나 그녀는 이제 그 시절의 엄마가 그리웠고, 그 시절의 기억들도 그리웠다. 펜션에서 살기 시작한 후 그녀는 가끔 무슨 소리를 듣고 깨어나곤 했는데, 그게 어망 속에서 물고기가 펄떡이는 소리 같았다. 펄떡펄떡, 살아 있다고 내지르는 소리. 그 숨찬 소리. 그 당시 엄마는 대어만 낚은 게 아니라 애인도 낚았다. 그때부터 엄마의 어망 속에 있던 건 물고기 대신 꿈이었겠지. 그 꿈도 펄떡펄떡 숨찬 소리를 냈겠지. 천문대도 마찬가지였겠지. 낚시꾼인 아내와 함께 집으로 돌아오는 길, 아내의 몸에 밴 옅은 비린내, 멀리 보이는 시골집의 불빛, 그리고 열네 살의 딸…… 한꺼번에 통째로 갖고 싶었던 행복, 천문대가 이루지 못했던 그 풍경 속에서 꿈은 어망 속 물고기보다 더 힘차게 펄떡였겠지.

미라는 아이스박스에 먹을 걸 담고 깔개를 챙기고 아이의 장난감도 챙겨 민혁과 함께 호숫가로 내려갔다. 그녀는 그사이에 낚시 포인트를 알아두었다. 손님들이 물어보면 알려줄 요량으로 동네 사람들에게 물어두었던 곳인데, 아무리 물

반 고기 반인 곳이라 해도 낚시 초보인 민혁에게
까지 뭔가가 잡혀줄 것 같지는 않았다. 낚시 포인
트는 지름길로 내려와서도 한참을 더 길도 없는
곳으로 걸어 들어가야 하는 곳에 있었다. 천문대
와 함께 와봤을 때는 그렇게까지 험한 길이라는
생각이 들지 않았었는데, 아이를 안고 아이스박
스와 깔개를 들고 낚시 가방까지 메고 가는 길은
쉽지 않았다. 미라와 민혁이 나눠 들고, 나눠 안
고 있어도 그랬다.

포인트에 이르렀을 때는 그사이에 낚시꾼들이
다녀갔던 흔적이 지저분한 데다가 주변에 깔개를
깔 만한 평지도 찾을 수가 없었다. 또 한참을 걸
어 들어가서야 낚싯대를 설치하고 깔개도 깔 만
한 곳을 찾을 수 있었다. 아름다운 곳이었다. 한
여름의 호수는 아름답지 않은 곳이 없었다. 숲도,
햇살도, 바람도 아름답다 못해 찬란했다. 그 찬란
한 햇살 속으로 서늘한 바람이 스며들었다.

미라는 아이의 몸에 해충 기피제를 발라주고,
깔개의 네 귀퉁이에는 모기향을 피웠다. 그래도
앵앵거리는 숲 모기의 소리가 그치지 않았다. 숲

모기는 필사적이었고, 맹렬했다. 어느 틈에 청바지를 뚫고, 신발을 뚫고 들어와 피를 빨았다. 미라는 크리스마스트리를 만들듯 나뭇가지마다 모기향을 걸어놓기 시작했다. 아이는 미라의 동선을 쫓아가며 집요하게 모기향의 불빛에 집중했다. 빨갛게 익어가는 모기향의 불빛, 그리고 맹렬하게 앵앵거리는 모기의 소리.

서툰 낚시꾼인 민혁이 낚싯대 설치조차 제대로 하지 못해 끙끙대는 걸 보면서 미라는 웃음을 터뜨렸다. 아이의 얼굴에도 웃음이 번졌다. 아이는 여전히 모기향에 집중하고 있었고, 그러므로 아이가 무엇 때문에 미소를 보인 것인지 미라로서는 전혀 알 수가 없는 일이었지만, 그래도 미라는 같은 순간에 같이 웃고 있는 아이가 자신과 함께 있다는 걸 느낄 수 있었고, 그런 순간에는 언제나 그런 것처럼 감동했다. 아이는 웃음이 많이 늘었다. 시골로 내려와 생긴 변화 중의 하나였다. 아이에게는 집중해야 할 것이 점점 더 많아졌다. 집중하기 시작하면 그 무엇으로도 흔들어놓을 수 없는 아이였다. 그런 순간 아이는 천사처럼 예뻤고, 평화로워 보였다. 그런 순간의 아이, 그리고 아이가 그런 순간에 머물고 있는 세계, 미라는 결코 가늠할 수 없을 것 같은 그 순간과 세계는 완전하고 완벽해 보였다.

서울에 있었다면 아이는 벌써 어린이집에 갔을 나이였다. 곧 유치원에도 가야 할 나이였다. 그러나 근방에는 어린이집은커녕 유치원도 없었다. 차를 타고 30분 이상 가야 하는 곳에 초등학교 하나가 있기는 했지만, 학년당 한 학급을 못 채우는 형편이라고 했다. 미라는 오히려 다행이라고 생각했다. 툭하면 사라져버리는 아이, 자기 세계 속으로 들어가 누구도 초대하지 않는 아이, 그 아이가 존재하는 동시에 때때로 심각하게 부재하기도 한다는 것을 선생도 곧 알아차리게 되겠으나, 학생 수가 적으니 그 아이를 보듬어줄 시간도 많을 것이다. 아직은 미라도, 민혁도, 시댁 식구들 중의 그 어느 누구도 특수학교에 관해서는 언급하지 않았다. 그러나 누구든 먼저 그 말을 꺼내야 한다는 사실을 모르고 있는 사람도 없었다.

걱정하지 마. 엄마가 널 지켜줄게. 미라는 아

이에게 속삭이곤 했다. 다가오는 일은 다가왔을 때 생각할 작정이었고, 당장은 좋은 것만 생각하고 싶었다. 정말이지 햇살이 좋은 오후가 아닌가. 주변에는 사람이라곤 하나도 없어 들리는 소리가 전부 물소리, 무언가 첨벙하는 소리, 나뭇잎을 흔드는 바람 소리, 그리고 햇볕이 움직이는 소리, 그 햇볕 속을 움직이는 날것들의 소리, 행복하고 평화로운 소리들뿐이었다. 이만하면 충분하지 않은가.

민혁이 물고기를 잡을 수 있을 것 같지는 않았다. 정말로 물고기를 잡고 싶어서 낚싯대를 마련한 건지도 알 수 없는 노릇이었다. 살아 있는 생선을 만지지 못하는 것은 물론이고, 미끼도 제대로 못 끼우는 사람이었다. 설령 물고기를 낚는다고 하더라도 그걸 어떻게 잡아채야 하는지도 모를 것이다. 민혁은 아마도 가족과의 시간이 필요하다고 생각했을 것이다. 주말마다 펜션에 내려오는 것은 쉬운 일이 아니어서 두 주에 한 번씩 간신히 내려오는 형편이었는데, 간신히 내려오면 또 이런저런 일들을 돕다가 지쳐 쓰러져 잠들어버리는 게 다였다. 지쳐 쓰러져 잠들기 전에 급히 미라를 안고, 사랑을 한다기보다는 마치 의무를 다하듯이, 짧은 섹스를 끝냈다.

때때로 민혁은 이상하다는 생각이 들곤 했는데, 펜션에 아침 햇살이 찬란하게 스며들 때거나 혹은 황홀하게 노을이 물들어올 때, 이토록 아름다운 펜션이 왜 이렇게 텅 빈 것처럼 여겨지는지 알 수가 없기 때문이었다. 아내가 있고 아들이 있는 펜션이었으므로 그곳은 그의 집이기도 했다. 아니 그의 집이었다. 그런데 그 집에서 왜 텅텅 빈 소리가 나는 것일까.

물고기가 잡히기는커녕 입질조차 없는 시간이 한 시간쯤 지나자 민혁은 아예 미라 곁에 누워버렸다. 아이가 대신 아빠의 낚시 의자에 앉아 낚싯대를 지키기 시작했다. 미라는 누운 채로 그런 아이의 뒷모습을 바라보았다. 민혁이 미라에게 팔베개를 해주었다. 잠시 후 아이가 둘 사이로 파고들었다. 민혁은 아이의 머리를 쓰다듬으며 옛날이야기를 들려주기 시작했다.

"옛날 옛날에 호빗이라고 불리는 난쟁이들이

살았어. 아주 작은 사람들 말이야. 이 사람들은
엄마 아빠처럼 나이가 들어도 키가 안 커. 그런
사람들을 호빗이라고 불렀어."

아이가 민혁 쪽으로 몸을 돌려 누웠다. 이제 미
라는 아이의 뒤통수밖에는 볼 수 없었지만, 그러
나 아이의 반짝반짝 빛나는 눈동자가 보이는 듯
했다.

"호빗은 또 늙지도 않아. 프로도라는 호빗은 나
이가 쉰 살이 될 때까지도 소년 같았어. 아주아주
예쁘고 잘생긴 소년이야. 이 쉰 살 된 소년이 반
지를 버리러 가는 여행을 떠나."

그때 미라와 아이가 동시에 민혁에게 뭔가를
물었는데, 소리는 내지 않고 눈으로만 묻는 아이
의 질문이 미라의 목소리에 묻혔다. 프로도가 쉰
살이라고? 미라의 물음에 답하는 대신에 민혁은
아이에게 뭐라고 말했는지를 물었다. 그러나 순
간은 지나갔다. 아이가 말을 하려고 했던 '순간',
말이란 걸 하고 싶어졌던 '순간', 바람 같은 그 순
간은 이미 지나가버린 것이다. 민혁이 이야기를
이어갔다.

"그래, 버리러 가는 거야. 그 반지는 아주아주 위험한 반지라서 그 반지를 가지고 있으면 나쁜 마음이 들거든. 그래서 그 반지를 없애버리지 않으면 안 되는 거야."

그 반지는 어디서 났어? 이번에는 아이의 목소리가 또렷하게 들렸다. 물론 미라의 상상일 뿐이었다. 그렇더라도 그 상상 속 목소리가 너무 또렷해 미라의 가슴이 두근두근했다. 그 두근거림에 서서히 통증이 뒤섞였다. 순간은 너무 빨리 지나가고, 어떻게 해도 오래 붙들고 있을 수가 없었다.

"프로도는 그 반지를 빌보 삼촌한테서 얻었어. 빌보 삼촌은 동굴에서 얻었고, 스미골은 물속에서 발견했어. 어느 날 낚시를 갔는데, 어마어마하게 큰 물고기가 미끼를 문 거야. 정말로 어마어마하게 컸어. 그래서 스미골이 풍덩 하고 빠져버린 거지. 물고기가 스미골을 물속으로 끌고 들어가버렸거든. 그 물속에 반지가 있었던 거야. 엄청나게 아름다운 반지가 물속에서 반짝이고 있었어."

민혁이 잠깐 동안 이야기의 간격을 두었다. 아이의 숨소리가 도드라졌다.

"절대반지. 그 반지 이름은 절대반지야. 사람의 마음을 아주 나쁘게 하는 반지야. 그런데 이 반지가 너무 아름다운 거야. 그래서 나쁜 반지인 줄 알면서도 사람들은 자꾸 그 반지에 홀리는 거야."

아이는 언제 잠이 들었을까. 부부는 아이를 사이에 두고 손을 마주 잡고 있었다. 새로 산 낚싯대가 물살에 휩쓸려 내려가고 있는 것도 몰랐다. 민혁은 그때 미라의 손가락에 자신의 손가락을 깍지 낀 채 나도 여기에 내려와 살까, 그러면 정말로 평화로워질 수 있을까, 땅속에 묻은 모든 것을 더 깊이 묻어버릴 수 있을까, 그런 생각을 했다. 미라는 프로도를 생각했다. 영화에 나오는 프로도가 실은 쉰 살이나 되었다는 사실이 믿기지 않았다. 나이는 몸으로부터 자유로워진 것일까, 아니면 몸속에 갇혀버린 것일까. 그리고 만일 자신의 삶에 어떤 순간이 영원히 멈춰버리기를 바란다면, 그것은 어떤 순간일까를 생각했다. 절대반지의 순간, 그런 순간은 어떤 순간일까.

아저씨, 제가 얘기 하나를 해드릴게요. 불꽃놀이를 하

던 밤의 이야기예요. 그 밤이 얼마나 아름다웠던지, 얼마나 황홀했던지 그 얘기를 꼭 해드리고 싶어요.

그런데 그날 불꽃이 터지기 시작하는데, 아저씨, 내가 무슨 생각을 했는지 아세요? 초신성요. 초신성1987A 사진을 본 적이 있거든요. 엄마가 입원해 있던 병원에 잡지가 있었는데, 그 잡지에서 봤어요. 생각해보면 웃기는 일이죠. 그런 잡지가 왜 그런 병원에 있었던 걸까요. 아저씨도 알다시피 그 병원은 살아날 가망이 전혀 없는 사람들이 죽음으로 건너가기 전에 머무는 곳에 지나지 않았죠. 삶과 죽음 사이에 다리가 있다면 그 다리쯤 어딘가였을 거예요. 난 건널 수 없었죠. 엄마 혼자 건너가는 걸 쳐다만 보고 있어야 했죠. 사고를 낸 차 보험회사 직원이 찾아와서 엄마가 죽었는지 살았는지를 맨날 확인했어요. 나중에는 아예 지긋지긋해하는 것 같더라고요. 그렇게 오랫동안 죽은 체하고 있을 수 있는 사람은 없다는 걸 알면서도 그러더라고요.

책방에 가서 우주에 관한 책을 샀어요. 그 책을 보고 또 봤어요. 위로가 됐거든요. 아저씨, 지구하고 1987A 거리가 얼마나 되는지 아세요? 16만 8천5백 광년이래요. 1광년의 거리는 얼마나 되는지 아세요? 9조4천6백

킬로미터예요. 그러면 곱해보세요. 엄청나잖아요. 그 별이 폭발을 하고 잔해가 퍼져 나가는 속도가 또 얼마나 되는지 아세요? 시속 천만 킬로미터래요. 그 잔해가 지금도 시속 천만 킬로미터로 퍼져 나가고 있다는 거예요. 정말 엄청나잖아요. 그리고 그 우주에는 별만 있는 게 아니라 또 다른 우주도 있다는 거예요. 또 다른 우주, 아주 많은 우주, 아주아주 많은 우주요. 난 그렇게 생각했어요. 괜찮다고요. 나는 그때 겨우 열네 살이었는데, 아흔네 살만큼 늙어버린 것 같았어요. 정말 늙은이 같았다니까요. 그래서 늙은이처럼 생각했죠. 괜찮아, 괜찮아, 괜찮아.

그런데 지금 내가 하려는 말은 그게 아니라 그 책에 사진이, 그 초신성1987A가 폭발하는 사진이 꼭 불꽃놀이처럼 보였었다는 거예요. 불꽃놀이가 시작되는데 그 사진이 먼저 떠오르더라고요. 그런데 그땐 다른 생각은 하나도 안 들고 행복하다는 생각만 들었다는 거예요. 그날 프러포즈를 받을 거라고 믿고 있었거든요.

근데 그날 웃기는 일이 있었는데, 아저씨, 그 얘기를 먼저 해드릴게요. 불꽃놀이가 시작되고 사람들이 전부다 테라스로 뛰어나갔거든요. 서로들 껴안고 뽀뽀하고 난리도 아니었는데, 그게 다 그렇게 행복해 보일 수가 없더라고요. 나로 말하자면 곧 프러포즈를 받을 거였구요. 그 남자 바지 주머니 속에 반지가 있었어요. 전화를 받으러 나가는 걸 보고 짐작했죠. 아, 반지를 케이크 속에 넣으려는구나. 어쩌면 와인 잔 속일지도 모르지요. 그런데요, 전화를 받고 돌아왔는데 아직 그 바지 주머니가 불룩하더라고요.

비밀 하나를 말씀드릴게요. 만일 그날 그 남자가 프러포즈를 하지 않는다면 내가 먼저 할 생각이었어요. 정말 그럴 작정이었다니까요. 난 미쳐 있었거든요. 태어나서 그렇게 좋아해본 사람이 없었어요. 그 사람이랑 살면 평생이 좋을 것 같았어요. 한 군데도 허황된 데가 없고 야단스러운 데도 없고, 성실하고 성실하고 또 성실하기만 한 사람이었죠. 그 사람의 성실한 미소, 그 사람의 성실한 손의 온기, 그 사람의 성실한 말, 그 모든 게 좋았어요. 아저씨가 슬퍼할까봐 말하지 못했지만, 엄마가 죽고 나서 난 사는 게 좀 별로였거든요. 외할아버지랑 사는 것도 그랬지만, 그 집에서 나와 혼자 살기 시작한 다음에도 다르지가 않더라고요.

세상이 얼마나 야단스러운지 말이에요. 자기들끼리 달리고 뛰고 부닥치고 깨지고 피 흘리고 비명을 지르고 욕을 하고, 그러느라 아무 잘못도 없이 세상으로부터 버려진 아이, 혹은 여자, 외할아버지의 피후견인이 되어 살아야 했던 아이, 혹은 여자에 대해서는 관심도 없더라고요. 아파? 네가 아파? 네가 왜 아파? 다들 그렇게 소리를 지르는 것 같았어요. 아무도 내가 아픈 거엔 관심이 없었다는 소리예요. 그러다 보면 무감해져야 하는데, 둔감해지기라도 해야 하는데, 왜 아픈 건 매일 그렇게 펄펄 뛸 것 같은 느낌이었을까요. 엄살 부릴 데도 없는데……. 그 엄살을 들어줄 사람도 없는데…….

그런데 그 남자가 온 거예요. 봄비처럼요. 봄비처럼 그 남자가 와서 내 온 마음을 적셨어요. 내 온몸이 젖어버렸죠. 그 남자를 만난 후에야 사랑이라는 게, 누군가와 함께 있는 느낌이란 게 뭔지를 알게 되었어요. 그건 마치 절대로 식지 않는 욕조 물에 잠겨 있는 것 같은 기분이더군요. 난 그때까지 단 한 번도 욕조 있는 집에서 살아본 적이 없었지만, 그래도 찜질방은 생각해볼 수 있잖아요. 숨소리가 욕실의 축축한 공기를 타고 하악하악, 물소리가 찰랑찰랑, 물방울 소리가 똑똑똑똑…… 그리고 타월들, 뽀송뽀송 소리가 나는 타월들, 차가운 물방울이 맺힌 음료수병, 다시 하악하악, 내 숨소리……. 행복하다, 행복하다. 정말 행복하구나, 말하는 숨소리.

그러니까 그 남자가 프러포즈를 하지 않으면 내가 먼저 할 작정이었다는 거지요. 그 남자랑 같이 살고 싶었으니까요. 정말로 그러고 싶었으니까요. 그래서 그 테라스에서 그 사람이 내 눈을 바라보면서 손을 잡았을 때, 생각해보세요, 얼마나 가슴이 뛰었겠는지.

"나랑 결혼해줄래?"

사람들이 떠나가라 박수를 치고 아주 난리가 났더군요. 결혼해, 결혼해, 소리를 지르고, 잇츠 어 뷰티풀 데이, 아이 워너 메리 유. 브루노 마스의 「메리 유」 노래가 스피커에서 나오고, 불꽃이 터지고, 세상에…… 하마터면 그래! 할 거야! 외칠 뻔했다니까요. 이해 못 하셨죠? 다른 커플이 새치기를 해버린 거예요. 다른 남자가 다른 여자 앞에서 무릎을 꿇고 있었다고요. 안 웃겨요, 아저씨? 세상에 프러포즈를 새치기당하다니요.

웃으세요, 아저씨. 이제부터는 좀 무서운 이야기가 시작될 테니까요. 웃어두시는 게 좋아요.

6

　미라는 그 기사를 민혁이 주말을 보내고 올라
간 후, 그 이튿날이었던 월요일 아침에 발견했다.
손님들이 버리고 간 쓰레기들을 분류하던 중이었
다. 바비큐 고기를 직접 가지고 온 손님들이 있었
다. 천문대에도 가고 낚시도 하려고 왔던 손님들
이었다. 신문은 그 손님들이 고기를 넣어 가지고
왔던 스티로폼 박스 속에 핏물에 젖은 채로 깔려
있었다. 살인죄 공소시효 폐지. 그 기사가 정면으
로 보이는 신문지를 꺼내지도 않은 채 미라는 그
걸 박스째로 들어 읽었다. 오래된 고기 핏물 냄새
가 역하게 풍겼다.

주말을 머물렀던 손님들은 쓰레기를 많이 남기고 갔다. 스티로폼 박스뿐만 아니라 남은 음식이 지저분하게 들어 있는 플라스틱 용기들, 젖은 겉옷과 진흙 범벅이 된 운동화 한 켤레도 버리고 갔다. 미라는 펜션 뒤편에 쓰레기와 재활용품들을 모아놓았다. 천문대가 주기적으로 태울 수 있는 것은 태우고, 태우지 못할 것도 가끔 같이 태웠다. 그러면 독한 냄새가 퍼지고 한동안 파리들이 물러가곤 했다. 그날은 파리들이 지독했다. 미라는 한 손을 휘저어 팔과 목에 달라붙는 파리들을 쫓아버리면서 쓰레기들을 분류했다.

쓰레기장 쪽에서는 호수가 보이는 대신 산이 보였다. 한여름의 산이 시퍼렜다. 미라는 잠시 그 시퍼런 산을 바라보며 한 손으로 허리를 짚은 채 서 있었다. 공소시효 폐지에 관한 보도를 미라가 그날 처음 봤던 것은 아니다. 한동안 티브이 뉴스를 틀기만 하면, 차에서 라디오 채널을 바꾸다 보면 또 어느새 불쑥, 그리고 핸드폰으로 인터넷을 연결할 때마다 관련 기사가 떴었다. 그때마다 미라의 몸 어느 구석이 긴장을 했다. 그리고 그런 날은 공연히 온몸이 아팠다. 그런 날은 아이와 긴 산책을 해야만 했고, 그런 날은 매운 비빔밥을 먹어야 했고, 그런 날은 살충제를 더 많이 쳐야 했다. 공소시효는 지나갔다. 알고 있었다. 1994년 여름에 혹시 민혁이 해서는 안 되는 일 중 최악의 일을 저질렀다고 하더라도 그 시효는 지나갔다. 이제 완전히 지나갔다.

그래서, 민혁은 안심했을까?

미라는 자신이 그런 생각에 골몰하고 있다는 걸 깨달았고, 그런 사실이 그녀를 괴롭혔다.

그날 늦은 오후, 미라는 혼자 차를 몰고 장을 보러 나갔다. 대형 포장으로 된 숯 두 봉지를 사고, 마트에서 멀지 않은 곳에 노점을 펼친 할머니에게서 배추와 열무와 대파를 샀다. 그리고 그 후, 그녀는 펜션으로 돌아가는 지방도로를 타는 대신 서울로 올라가는 고속도로로 진입했다. 충동적인 결정이었지만 마치 오래전부터 계획되었던 일처럼 여겨졌다. 차 뒷좌석에는 아이에게 주려고 산 슈크림 빵이 있었다. 서울에 올라갔다 오는 동안 그 빵은 상할 것이다.

펜션을 연 이래로 미라는 서울에 올라갔던 적이 없었다. 여전히 공실률이 80프로가 넘는 펜션이라고는 해도 매일매일 바쁘지 않은 날이 없었기 때문이다. 봄에는 새집 냄새를 잡아야 했고, 초여름에는 벌레들을 잡아야 했고, 그 후에는 비새는 곳을 잡아야 했다. 손님도 없었지만 문제없는 날도 없었다. 그렇더라도 그곳은 그녀의 집이었다. 문제 하나를 잡을 때마다 새로운 문제가 또하나 나타나는 식이었지만 그건 자신의 집이 완전해지는 과정이라고 생각했다.

민혁과 같이 살던 아파트에서는 그런 느낌을 가져본 적이 없었다. 셋집이기 때문에 그랬던 것만은 아니었다. 그들은 맞벌이 부부였고, 아이는 시댁에 맡겨져 있다시피 했다. 집은 들락거리는 곳에 불과했다. 그야말로 뻔질나게 들락날락. 그녀는 자기 집 자기 방에 누워서도 가끔 집에 가고 싶다는 생각을 했고, 혼자 소리를 내어 집에 가고 싶다는 말을 중얼거린 적도 있었다. 민혁이 있었고, 시댁 식구들이 있었고, 아이도 있었지만 집은 없었다. 그녀의 온몸과 온 마음과 온 미래가 전부

다 담겨 편안히 눕고 편안히 잠들고 편안히 깰 수 있는 집, 그런 집……. 적어도, 민혁과 함께 살던 아파트는 그런 집이 아니었다.

민혁은 미라가 펜션으로 내려간 후에도 여전히 그 아파트에서 지냈다. 그 집의 전세금을 빼 펜션 짓는 데 쓰고 그는 본가로 들어가는 게 어떻겠느냐고 미라가 물었을 때 민혁은 싫다고 대답하지는 않았지만 좋다고도 하지 않았다. 미라는 곧 포기했다. 그에게도 필요한 그만의 것이 있는 거라고 이해했다. 그러나 실은 자신의 것과 남편의 것이 뒤섞이는 게 싫었던 것일지도 모른다. 민혁을 경계한다는 뜻은 아니었다. 다만 자신의 집이, 그러니까 '미라네 집'이 완전하기를 바랐을 뿐이다.

미라는 몇 달 만에 들어선 아파트 현관에서 잠시 얼이 빠져 서 있었다. 비밀번호도 그대로였고, 달라진 게 아무것도 없는데도 통째로 남의 집 같았기 때문이었다. 분명히 아무것도 바뀐 게 없는데도 그랬다. 그녀의 남편이 살고 있는 집이었으므로 그 집은 여전히 그녀의 집이기도 했다. 아니, 그녀의 집이었다. 그러나 그 집은 여전히 그곳에 있으나 그녀는 그곳에 없었다. 마치 모든 게 다 지워져 있는 느낌이었다. 그런 느낌이 너무나 뚜렷했다. 집은 지나칠 정도로 깨끗했다. 민혁은 깔끔한 사람이었다. 시어머니도 마찬가지였다. 그렇더라도 이렇게까지 깨끗해도 되는 것일까. 마치 이 집은 매일 락스로 닦고 또 닦은 집 같지 않은가. 사람의 숨결 대신 소독약 냄새가 풍길 것 같은 집이 아닌가.

반들반들 윤이 나는 식탁 위에는 민혁의 노트북이 놓여 있었다. 노트북 옆에는 물컵이 놓여 있었고 그 물컵에 생수가 반쯤 차 있었는데, 그나마 그것이 이 집에 사람이 살고 있다는 흔적이었다. 그러나 마치 꾸며놓은 듯한 흔적이 아닌가. 마치 조작된 증거처럼.

노트북은 잠겨 있지 않았다. 회사에 가지고 다니지 않는 노트북이었다. 혼자 사는 집에서 군이 노트북을 잠가놓을 필요를 느끼지는 않았을 것이다. 노트북을 열자 인터넷 화면이 떴다. 마치 책장이 무너져 한꺼번에 책이 쏟아져 내리는 것처럼 화면에서 족히 수십 개는 될 것 같은 검색 화면이 쏟아져 나왔다.

공소시효 폐지, 미제사건 추적, 태완이법, 살인의 추억…… 기타 등등, 기타 등등, 기타 등등…….

1994년 여름에 민혁에게는 정확히 어떤 일이 있었던 것일까. 그해 민혁은 고등학교 2학년이었다. 민혁은 미라에게 그의 고등학교 시절에 대한 이야기를 거의 하지 않았다. 1994년 7월 이후는 물론이고, 그 이전에 대해서도. 자신의 별명이 이름만 멋있는 새끼였다고 농담처럼 말한 적이 있기는 했었다. 성이 민씨에 외자인 이름이어서 친구들이 그렇게 놀렸다고 했는데, 그 놀림에는 어딘가 모르게 짓궂음을 넘어선 경멸이 느껴졌었다. 그러나 그조차도 그의 중학교 때 일이었는지 고등학교 때 일이었는지 미라는 정확히 기억할수 없었다.

미라는 그를 '이름만 멋있는 새끼'라고 불렀다는 그의 학교 친구들을 만나본 적이 없었다. 민혁의 친구들 몇몇을 알았고 우연히 마주친 적도 있었지만 회사 동료들이거나 군대 동기들이 전부였다. 그들하고조차도 대단히 친한 사이 같아 보이지는 않았다. 민혁은 사교적이거나 활달한 성격이 아니었고, 남자들 사이에서는 그런 민혁이 그리 인기 있는 인물은 아닐 것 같았다. 그러나 그건 그의 친구들 역시 마찬가지였다. 공무원을 준비 중인 친구도 있었고 민혁처럼 중소기업에 다니는 친구도 있었다. 특별히 눈에 띄는 사람은 누구도 없었고, 그래서 편안하고 안정적으로 보이는 친구들이었다. 그러나 나중에 생각해보니 그들 모두가 마치 결혼식 하객으로 동원된 아르바이트생들처럼 미라와의 만남을 어색해하고 있었고, 그 시간이 빨리 지나기만을 바라고 있었던 것 같았다는 느낌이 들었다. 그들이 진짜 친구가 아닌 것 같았다는 뜻은 아니다. 친구라는 의미를 잘 모르는 사람들이 지들끼리 모여 친구 역할을 연기하고 있는 것처럼 보였었다는 뜻이다.

1994년 여름에 민혁이 어울렸던 친구들은 그들이 아니었다. 미라가 병실에서 하루하루 죽어가는 엄마를 지켜보고 있던 그해 여름에 민혁은 나쁜 친구들과 어울려 빈집에 있었다고 했다. 프러포즈 대신에 민혁의 나쁜 고백을 들어야 했던 불꽃놀이의 밤이 지나고 며칠 뒤, 미라는 민혁이 1994년에 살았었다는 동네에 가본 적이 있었다. 처음부터 작정했던 것은 아니었다. 버스를 잘못 탔을 뿐이었다. 불꽃놀이의 밤 이후에는 툭하면 그랬다. 커피를 시켜놓고 남의 허브차를 받아 와 마시기도 했고, 점심시간에 점심을 먹으러 나갔다가 넋을 놓은 채 그대로 퇴근을 해버리기도 했었다. 버스는 툭하면 잘못 타는 정도가 아니라 제대로 타는 경우가 드물었다. 그날 잘못 탄 버스가 그쪽 방향이라는 걸 알았을 때 미라는 돌아오는 차를 타기 위해 내리는 대신 그대로 그 버스 안에 머물렀다.

재래시장을 끼고 있는 오래되고 가난한 동네였다. 골목이 많았고, 그 골목을 끼고 빈집들도 많았다. 민혁이 말한 빈집이 어느 빈집인지는 알 수 없었다. 그래서 그녀는 그 동네를 그냥 돌아다녔다. 1994년에 이미 재개발 바람이 불었다는데, 그 후 그 오랜 세월이 지난 그때까지도 그 동네는 재개발과는 거리가 먼 채 여전히 낡아가고만 있는 중인 것 같았다. 폐가라고 적혀 있는 집들, 녹슨 자물통이 걸려 있는 집들, 그런가 하면 꽃화분이 대문 앞에 놓여 있고, 작고 흰 개가 대문 앞에서 꼬리를 흔들고 있는 집도 있었다. 그러니까 모든 것들이 혼돈처럼 뒤섞여 있는 동네였다. 미라에겐 그런 동네가 낯설지 않았다. 엄마가 돌아가신 후 대학에 들어갈 때까지 외할아버지 집에서 살던 몇 년 동안 미라 역시 그런 동네에서 살았었다. 빈집이나 폐가가 있지는 않았지만 가난한 집들이 다닥다닥 붙어 있는 동네인 건 똑같았다.

외할아버지 집은 마당도 없이 문만 열면 부엌이 나오고 마루가 나오는 집이었다. 그래도 방은 두 개여서 할아버지 방 하나 미라 방 하나 그랬었다. 방이 두 개지만 문도 벽도 없는 것 같은 방이었다. 하루 온종일 꽝꽝 울리는 티브이 소리에 섞여 가끔씩 흘러나오던 할아버지의 기침 소리, 가래 끓는 소리, 그리고 침묵하는 소리가 들렸다. 그랬었다. 도무지 소리라고는 안 내는 할아버지였다. 기침 소리, 가래 끓는 소리, 그리고 침묵……, 침묵, 침묵…… 마침내 소리가 되어버린 침묵…….

미라가 살았던 동네에도 골목이 많았었다. 비탈길도 많았고 무너질 듯한 계단도 많았었다. 겨울이면 그 비탈이 빙판이 되었으므로 집집마다 그 빙판 위에 연탄재를 내던져 밟아 깔아야 했었다. 그래도 미끄러져 넘어졌고, 추웠고, 미친 듯이 추웠고, 여름엔 미친 듯이 더웠다. 덥다는 말도 없고 춥다는 말도 없던 할아버지……. 그 할아버지의 집에서 고등학교 시절을 보냈다. 그런 형편이었으니 '나쁜 친구'들을 사귈 수도 있었을 것이다. 남자애들을 만나고, 담배를 피우고, 술을 마시고, 춤을 추러 가고, 본드를 할 수도 있었을 것이다. 미라가 그중의 어떤 짓을 하더라도 할아버지는 아무 말도 하지 않았을 것이다. 아니, 아무 소리도 내지 않았을 것이다. 그러나 미라는 엄마의 보험금을 지켜야 했다. 그러려면 정신을 바짝 차리고 살아야 했다. 정신을 깜빡 놓치는 순간 누군가 훔쳐 가버릴 것 같은 그 돈, 외할아버지라고 일컬어지는, 그러나 그녀에게는 잠재적 도둑에 불과했던 그녀의 후견인의 통장에 들어 있는 엄마의 목숨값, 그녀의 미래에 대한 유일한 약속. 그래서 그녀는 깊이 잠들 수도 없고, 한눈을 팔 수도 없고, 심지어는 공부에 열중할 수도 없었다. 학교는 어떻게 다녔냐고? 꾸역꾸역 다녔을 뿐이다. 그리고 그걸 한마디로 말해야 한다면 평범한 학창 시절이었다고 할 수 있을 것이다. 꾸역꾸역 학교를 다닌 평범한 학창 시절. 그러나, 민혁은, 그해에, 그해 여름에, 한 사람을 땅에 묻고, 그 위에 시멘트를 발랐다는 것이다.

죽여버린다는 말을 입에 달고 살던 나이였어. 까불면 죽여버린다. 지랄하면 죽여버린다. 웃으면 죽여버린다……. 그랬다는 거야. 그런 말을 입에 붙이고 살던 나이였다는 거야.

그때 동네가 재개발이 된다고 그랬었어. 땅 장사꾼들이 집을 사러 다녔지. 집을 팔고 동네를 떠난 사람들이 많았어. 그럼 그 집들은 빈집이 됐지. 그랬다는 거야. 나쁜 짓을 할 만한 데가 아주 많았다는 거야. 영화 같았지. 총이 있다면 골목을 뛰어다니면서 총질이라도 할 것 같았어. 괜히 폼 잡느라고 잭나이프를 가지고 다니던 놈도 있었지. 그래봤자 벌레 한 마리 못 잡을 거면서. 그 잭나이프를 찰칵 접었다가 찰칵 펴면서 죽인다. 이 새끼 너 죽여버린다. 그랬어. 내 말은 그랬다는 거야. 그런 동네였다는 거야.

그해 여름이 얼마나 더웠는지 너는 기억하니? 노인들이 막 죽어나갔지. 에어컨 같은 건 어느 집에도 없었어. 하루 종일 마당에 찬물을 뿌리고, 선풍기를 돌리고, 얼음을 깨부숴 먹고, 좁은 마당에서 등목을 하고, 머리끝부터 발끝까지 찬물을 뒤집어쓰고, 모기향을 피우고, 그러고도 더워서 개처럼 혓바닥을 내밀고 헉헉거렸어. 밤에도 더위가 식지를 않았어. 그 더위를 뭘로 견딜 수 있었겠어. 늙은이들이 더워서 죽어 나자빠지던 그 여름에, 그 밤에, 열일곱 살인 남자아이들이 뭘 할 수 있었겠냐고.

빈집이 얼마나 많았나 몰라. 눈치 빠르고 재주가 좋은 사람들이 재빨리 집을 팔고 떠났거든. 그런데도 재개발은 안 됐지. 동네가 마치 텅 빈 리조트 같았어. 원하면 아무 집이나 잡아서 들어가면 되는 거야. 그 동네에는 마당 있는 집들도 있었어. 시멘트로 발라놓은 마당이지만 빈집이 되면서 그 시멘트가 갈라지고, 맨흙이 드러나고, 거기서 잡초가 자라나고, 그 잡초에 고양이들이 똥을 묻고, 벌레가 기어 나오고, 또 갓난아이가 묻혔다는 소문도 있었어. 소문? 지랄 말라고 그래. 그런 가난한 동네에서 계집애가 애를 낳는데, 그러면 어쩌겠어. 묻기밖에 더 하겠어? 묻어버려야지. 묻어버릴 데가 그렇게 많은 동넨데.

그런데, 그 밤, 그 빈집에서는 별이 보이더라. 별빛이 깜빡깜빡했어. 그날 그 자식이 그랬었어. 저기 우리 집이잖아. 우리 누나 있나 봐봐. 저기서 여기가 내려다보인다니까. 그러니까, 별이 아니라 죽은 애네 집 문에 걸린 외등이었겠지. 그런데 별빛처럼 깜빡 깜빡 깜빡 했어. 그리고, 망할 자식, 본드 하다가 뒈져버린 새끼한테는 누나가 있었던 거야. 그 누나가 얼마나 이뻤는지 너는 상상도 못 할 거야. 그래서 그 자식 집엘 맨날 놀러 갔었지. 그 누나 한번 보려고. 그 누나가 그렇게 이쁘지만 않았다면 그 놈이랑 그렇게 안 엮였을까…… 모르겠네. 근데 그 이쁜 누나가 전화를 걸어오더라고. 자꾸자꾸 전화를 걸어오는 거야. 내 동생 봤니. 내 동생 어디서 보지 않았니? 시간이 흐르면 그만둘 줄 알았는데, 툭하면, 잊을 만하면 전화를 거는 거야. 이사를 가도, 전화번호를 바꿔도, 어떻게 알고 또 전화를 하는 거야. 전화를 해서는 똑같은 말만 하는 거야. 내 동생 봤니? 내 동생 어디서 보지 않았니? 그래 봤다. 이 씨발년아! 어쩔래!

미안해……. 정말로 그랬다는 얘기가 아니야. 어떤 때는 정말로 그렇게 미쳐버릴 것 같았다는 얘길 하려는 거야. 너한테 프러포즈를 하려고 하는데…… 너 알아? 브루노 마스의 「메리 유」. 그 노래는 원래 내가 신청해놓은 거였어. 내가 네 앞에 무릎을 꿇는 순간 틀어달라고 했었던 거야. 그런데 멍청한 녀석이 가로채버렸지. 전화 때문에 정신을 못 차리는 사이에. 그렇게 돼버렸지. 그래…… 그날 전화, 그 누나한테 왔었어. 그 전화 그때 안 걸려왔으면 난 너한테 아무것도 말하지 않았을 거야. 그래도 될 거라고 생각했을 거야. 그런데 하필이면 그때 전화가 왔고, 또 그러는 거야. 또, 똑같이 그러는 거야. 너는 내 동생 봤니? 내 동생을 어디서 보지 않았니? 그래 봤다. 이 씨발년아! 어쩔래!

그 누나, 1994년에 죽어버렸다는 김주열의 누나 김주희는 여전히 그 동네에 살고 있었다. 그 동네의 명물이라는 김밥, 한때 민혁의 어머니가 하루 종일 말고 또 말았다는 그 꼬마김밥을 파는 집에서 일을 하고 있었다. 오래전, 민혁의 나쁜 고백을 들은 후 이 동네를 찾아왔을 때, 실은 찾아오고 찾아오고 또 찾아오고 그랬을 때, 미라는 김주희에 대해 알지 못했었다. 그중의 어떤 날에 우연히 들어갔던 떡볶이집이 김주희가 일하는 곳이었다는 것도 미라는 나중에 알게 되었다.

그때 미라는 임신 초기였다. 아무 때나 입덧이 오는가 하면 아무 때나 미칠 듯이 배가 고팠다. 떡볶이는 맛있었다. 어묵도 마찬가지였다. 미라는 그야말로 왕성한 식욕으로 떡볶이 접시를 핥듯이 비워내고 어묵 국물을 물 마시듯 들이켰다. 그러다가 어느 틈에 텅 비어버린 그릇을 보는 순간 왈칵 울음이 쏟아질 것 같았었다.

울지 않으려고 기를 쓰며 빈 접시와 빈 그릇을 내려다보고 있는 동안, 누군가 등을 쓸어주는 느낌이 있었다. 올려다보았더니 늙은 사람 하나가 슬쩍 등을 쓸어주고 슬쩍 지나가며 또 슬쩍 웃어 보였다. 위로가 되는 웃음이었다. 그녀에게도 외할아버지 대신 외할머니가 있었다면 좋았을 것이다. 그러면 혹시 외할머니에게 의논할 수 있지 않을까. 이렇게 말하면서. 할머니, 나한테 남자가 생겼어. 근데 그 새끼가 시체를 유기한 적이 있다네. 그게 무슨 말이냐고? 유기가 뭐냐고? 유기그릇 말고, 할머니, 시체를 묻는 거. 갖다 버리는 거. 근데 죽이지는 않았대. 맹세한대. 하늘에 맹세한대. 진짜로, 정말로, 죽이지는 않았대.

민혁의 아파트에서 나온 미라는 차를 곧바로 재래시장 쪽으로 몰았다. 민혁의 아파트에서부터 한 시간가량은 도심을 통과해 가야 하는 곳이었다. 한여름의 햇살이 차창의 전면으로 쏟아져 들어와 이마를 달궜다. 이마가 너무 뜨거워 아무 생각도 할 수가 없었다. 그러나 공소시효에 관해서라면, 생각을 할 필요도 없이, 다 알았다. 시체 유기의 공소시효는 7년이었다. 살인죄의 공소시효는 15년이었다가 25년으로 바뀌었고, 이제 폐지되었다. 그렇더라도 이미 공소시효가 완료된 사건은 포함되지 않았다. 그러므로, 그들은 무사했다. 완전하게 무사했다.

동네는 그사이에 많은 것이 달라져 있었다. 무엇보다도 시장이 완전히 달라져 있었다. 예전에

는 좁은 통로를 사이에 두고 점포들이 들쑥날쑥
했던 시장이 완전히 깔끔하게 정돈이 되었다. 시
장과 좁은 골목으로 연결되어 있는 동네의 초입
역시 달라져 있었다. 길을 새로 깔고, 대문도 다
시 달고, 무너질 것 같았던 벽도 다시 세운 것 같
았다. 통째로 재개발하지는 않았으나 구역 구역
땜질을 하듯이 수선을 해놓은 변모였다. 다시 말
하면 절대로 이 지역 전체를 통으로 파헤쳐 통으
로 새로 짓지는 않겠다는 뜻인 걸까.

그렇다면 김주열은 어디에 있을까. 여전히 묻
혔던 그곳에 묻혀 있을까. 아니면 파헤쳐졌다가
다시 묻혔을까.

꼬마김밥집은 같은 자리에 있었지만 내부가 변
했다. 주방도 새로 고친 것 같았고, 탁자도 새로
들여놓은 모양이었다. 그러나 손님의 등을 쓸어
주는 늙은 주인은 여전히 그곳에 있었고, 눈에 확
띄는 미인인 김주희도 있었다. 김주희는 누군가
일부러 가르쳐주지 않아도 한눈에 알아볼 수 있
을 만큼 '진짜로' 이뻤다. 어린 나이였다면 연예인
으로 캐스팅이 된다고 해도 전혀 놀랍지 않을 것

같은 얼굴이었다. 미라는 홀린 듯이 김주희의 얼굴을 바라보았다. 가게에는 거울 같은 건 없었지만 미라는 자신의 얼굴이 어떤 상태일지를 잘 알았다. 펜션에 있는 동안 땡볕에 익어버린 얼굴은 붉고 거칠고 군데군데 기미가 끼었다. 자신의 그런 얼굴을 신경써본 적은 없었다. 그 얼굴이 늘 행복해 보인다고 믿었기 때문이다. 그러나 지금 자신의 얼굴은 얼마나 초라해 보일지. 초라해 보이고 불안해 보이고 위험해 보이고 어쩌면 분노에 찬 것처럼 보일지도 모른다.

그런데 저 여자, 저 아름다운 여자는 20년이 넘도록 동생을 찾는 일을 절대로 포기하지 않았다는 것이다. 시간이 지나면, 세월이 흐르면, 1년이 지나고 2년이 지나면, 아니 10년이 지나고 20년이 지나면 포기할 만도 할 텐데, 아니 포기해야 할 텐데 절대로 그러지 않았다는 것이다. 미라는 묻고 싶었다. 왜 안 했어요? 잊어버리는 게 얼마나 쉬운 일인데, 그냥 꿀꺽 삼켜버리면 되는 일인데, 자식도 아닌 동생인데 왜 그랬어요? 잊어버려줬으면 좋았잖아요. 그랬으면 좋았잖아요. 왜 20년 동안이나 전화를 걸고, 경찰을 찾아가고 또 찾아가고, 전단지를 붙이고 그랬어요. 잊어버리는 게 얼마나 쉬운 일인데요.

갑자기 김주희와 눈이 마주쳤다. 아마도 자신을 쳐다보는 미라의 눈길을 의식했던 것일 터이다. 김주희가 미소를 지어 보였다. 아아아아……. 정말이지 놀랄 정도로 예쁜 얼굴이 아닌가.

그 순간, 미라는 알고 있었다. 아아아아, 하는 대신에 자신은 김주희에게 김주열의 죽음에 대해 말할 수 있다는 것을. 당신 동생이 죽어 이 동네 어딘가에 묻혀 있다고. 그 짓을 저지른 인간들 중에는 아직 살아 있는 인간도 있다고. 그런데 어쩌나. 미안하게도 공소시효가 끝났네. 걔들이 저지른 일은 이제 다 끝나버린 일이라네. 쯧쯧쯧쯧, 그러니 당신도 이제 끝내는 건 어떨지?

아니, 훨씬 더 공손하게 말할 수도 있을 것이다. 대신 사과하겠다고. 미안하다고, 용서하라고. 바닥에 엎어져 그녀의 발등에 입을 맞추며 말할 수도 있을 것이다. 공소시효는 끝났지만, 걱정 말라고, 내가 대신 대가를 치르게 해주겠다고.

7

　이튿날 새벽, 펜션 근방에 이르렀을 때 빗방울이 다시 떨어지기 시작했다. 한바탕 폭우가 지나간 뒤 언제 그랬냐 싶게 밤하늘이 맑더니 다시 또 비가 퍼부을 기세였다. 자동차 헤드라이트 불빛 이외에는 아무것도 보이지 않는 새벽이었다. 정확히 새벽 세 시 12분. 미라는 아직 운전에 서툴러서 깜깜한 시골 빗길 운전이 무서웠다. 속도를 최대한 줄이고 헤드라이트를 상향으로 올렸다. 마주 오는 차는 없었다. 대신 빗줄기가 더 선명하게 보였다.

　펜션으로 접어드는 길이 패어 웅덩이처럼 변

해 있는 걸 미라는 발견했다. 상향등 불빛을 받아 그 웅덩이로 떨어져 내리는 빗방울들이 별빛처럼 빛났다. 장마철이 되면 또 짐작도 못 했던 문제들이 속출할 거라고 마음의 준비를 하고는 있었지만 진입로부터 무너질 줄은 몰랐다. 길을 빨리 포장하지 않으면 주말에 도착하는 손님들이 컴플레인을 할 것이다. 펜션은 좋은데 길이 안 좋아요, 라고 인터넷에 글을 올릴 것이고, 그러면 또 예약률이 뚝 떨어지게 될 것이다. 미라가 그 웅덩이에 대한 생각에만 골몰하며 펜션으로 들어섰을 때 천문대가 보이지 않았다. 언제 내려오냐고 몇 번이나 문자를 했던 천문대였다. 아이한테 문제가 있는지를 물어봐도 아니라고 했고, 펜션에 무슨 문제가 있는지를 물어봐도 아니라고 했다. 대답을 기대했던 건 아니었다. 펜션에 불이 났어도 당장은 아니라고 할 사람이었다. 그렇더라도 자정이 가까워서까지 문자를 보내오는 건 정말이지 천문대답지 않은 행동이었다.

　미라는 차를 세우면서 경적을 한 번 짧게 눌렀다. 천문대가 자고 있을 거라고는 생각하지 않았고 틀림없이 어디에선가 나타날 거라고 생각했는데, 여전히 기척이 없었다. 미라는 안으로 들어가 아이를 먼저 살폈다. 아이는 천사처럼 잠들어 있었다. 천문대에 대한 걱정만 아니었다면 아이 곁에 그대로 누워 잠들어버렸을 것이다. 온 세상의 무게가 온몸으로 내려앉은 것처럼 피로한 밤이었다.

펜션을 한 바퀴 다 돌아봐도 천문대의 모습은 보이지 않았다. 호수로 내려가는 지름길에서 깜빡이는 불빛 같은 게 보였다. 빗발이 조금씩 굵어지고 있었다. 우산을 쓰는 대신 우의를 입은 탓에 지름길로 들어서자 우의가 나뭇잎에 쓸리는 소리가 야단스럽게 났다. 깜빡이던 불빛이 꺼졌다.

"아저씨?"

천문대가 나타난 건 잠시 후였다. 기척이 먼저 들리고, 그 후에야 다시 플래시 불빛이 켜졌다. 비에 흠뻑 젖은 천문대의 손에 삽이 들려 있었다.

"뭐 하시는 거예요?"

"가자. 들어가서 얘기하자."

천문대가 미라를 비켜 앞장을 설 때 비에 젖은

그의 얼굴을 볼 수 있었는데, 그의 얼굴을 적신
게 비뿐만이 아닌 듯했다. 분명히 그런 듯했다.

천문대는 사무실 앞에 삽을 놓고 흙으로 뒤범
벅이 된 장화도 벗었다. 미라가 불을 켜놓은 사무
실에서는 따뜻한 빛이 스며 나오고 있었다. 미라
는 포트에 물을 붓고 전원을 넣었다. 창을 때리는
빗소리와 물 끓는 소리가 섞였다.

"경찰이 왔었다."

미라는 티백을 뜯으면서 들었다.

"여기저기 다 돌아보고 갔다."

여기저기……. 그러니까, 거기. 미라가 비로소
등을 돌려 천문대를 똑바로 바라보았다. 천문대
는 겁에 질려 있었다. 천문대의 얼굴을 적신 것은
비뿐만이 아니라 두려움이기도 했던 것이다. 아
니, 비보다도 두려움이었던 것이다. 미라는 하마
터면 그래서요? 물을 뻔했다. 그렇게 물었다면 비
난처럼 들렸을 것이다. 그래서 그걸 파내려고 했
어요? 이 새벽에? 그걸 파내서 어쩌려고요? 미라
가 그런 말들을 다 입 밖에 내지 않더라도 마찬가
지였을 것이다.

천문대는 고개를 숙이고 있었다. 미라가 찻잔을 앞에 놓아주었을 때는 두 손에 얼굴을 묻었다.

"어떻게 해야 할지를 모르겠구나."

"거기 뭐가 있는지는 아무도 몰라요, 아저씨."

"그렇게 생각하니?"

"아무도 모른다니까요."

이번에는 대꾸 없이 천문대가 미라의 얼굴을 바라보고만 있었다. 마치 울음이라도 터뜨릴 것 같은 얼굴이었다. 미라가 먼저 말을 했다.

"어떻게 하고 싶으신 거예요?"

천문대는 대답하지 않았고, 미라는 그런 천문대를 눈 한 번 깜빡하지 않고 바라보았다.

"나는…… 정말 모르겠구나."

한참 만에야 입을 연 천문대는 그렇게 말한 후, 또다시 간격을 두었다가 다시 말했다.

"나는 정말이지…… 네가 너무 걱정이 되는구나."

걱정하지 마세요, 아저씨. 내가 얘기를 들려드릴게요. 무서운 얘기가 싫으시면 달콤한 얘기를 들려드릴게요.

내가 열네 살 때 엄마의 애인이었던 사람에 관한 이야기예요. 사실은 내가 그 사람을 얼마나 좋아했었는지 얘기해드릴게요. 어느 날엔가는 하마터면 아빠, 하고 부를 뻔했었다는 얘기도 해드릴게요. 혼자 내 방에 누워 있던 밤에 아저씨가 엄마랑 가게에서 뭐라 뭐라 속삭이는 소리가 들려오고, 또 웃음소리가 들려오면 나는 입술만 가만히 움직여서 연습을 했다니까요. 아빠, 아빠, 아빠.

엄마가 죽고 나서 아저씨를 원망했지만, 아저씨, 그건 신경 쓰지 마세요. 나는 그때 겨우 열네 살이었잖아요. 엄마가 죽었는데 열네 살짜리 아이가 뭘 할 수 있었겠어요. 원망할 사람마저 없었으면 열네 살짜리 아이가 어떻게 살 수 있었겠어요. 아저씨를 원망하는 힘으로 살 수 있어서 다행이에요. 안 그랬으면 운명을 원망해야 했을 텐데, 운명이라는 것과는 무슨 힘으로 싸울 수 있었겠어요. 그건 그냥 지는 싸움이잖아요.

서울에서 죽은 사람의 누나를 봤어요. 죽은 사람의 누나는 정말 예쁜 여자더군요. 운명이 있다면 그 여자가 평생 겪어야 할 일에 대한 보상을 미리 주었던 것인지도 몰라요. 누군가를 한평생 찾아야 할 터이니, 돌아오지 않을 사람을 평생 기다려야 할 터이니, 옜다, 예쁜 얼굴로라도 살아라, 그랬을지 몰라요. 그 정도로 예쁘더라니까요. 우스워요? 내가 이렇게 생각하는 게? 농담이 필요하잖아요. 아저씨와 나 사이에 가장 큰 문제가 그거예요. 유머가 없다니까요.

아니요, 한마디도 못 건네봤어요. 그 여자한테 내가 무슨 말을 할 수 있었겠어요. 그냥 떡볶이만 먹었어요. 체할 것 같았는데, 다행히 어묵 국물이 아주 시원하더라고요. 그리고 거기에는 늙은 여자가 있었어요. 그 가게 주인인데, 아무 말도 안 묻고 손님의 등을 쓸어주기도 해요. 괜찮다, 괜찮다 하듯이 말이지요.

알아요, 아저씨. 내가 저지른 일이 아니라는 거. 그러니까 내가 상관할 일도 아니라는 거. 그렇지만 나는 관계없다고 어떻게 말할 수가 있겠어요. 불꽃놀이가 있던 그 밤부터 나도 이미 아무 말도 할 수가 없는 사람이 된 게 아니었나요?

헤어질 수도 있었죠. 경찰에 신고할 수도 있었을 거구요. 아이는 혼자 낳아 혼자 키울 수도 있었어요. 아뇨, 뭐. 이까짓 것. 하면서 지워버릴 수도 있었겠지요. 그렇지만 그러지 않았죠. 왜냐고요? 아저씨는 그렇게 물으시면 안 돼요. 아저씨는 아시잖아요. 사랑이라는 걸……. 그걸 모르는 사람이 어떻게 그렇게 오랜 세월 꽃을 심을 수 있었겠어요. 그 꽃을 어떻게 그렇게 예쁘게 피어나게 할 수 있었겠어요. 아저씨는 아직도 그리워하고 있는 거잖아요. 우리 엄마를 사무치게 그리워하고 있는 거잖아요. 그러니까 아저씨 사랑만 사랑이고 내 사랑은 사랑이 아니라고 말하시면 안 된다는 거지요.

그 밤에 미라와 천문대는 호숫가 지름길 옆에 묻혀 있던 것들을 산속으로 옮겨 묻었다. 지름길이 비로 인해 여기저기 무너져 내린 상태였다. 송중호에 대해 물으러 왔던 경찰이 그 길까지 가보고는 길을 수리하든지 아니면 폐쇄를 하든지 하라고 하면서 다시 조사를 하러 나오겠다고 했다는 것이다. 그러나 길에 관한 문제가 아니었다. 경찰이 길 따위에 신경을 쓸 이유가 없었다. 경찰은 의심을 하고 있는 거였다.

미라로서는 송중호 같은 인간도 찾는 사람이 있고, 그래서 실종 신고를 내는 사람이 있다는 게 오히려 놀라울 지경이었다. 그런 인간은 며칠씩 몇 달씩, 혹은 몇 년씩 사라진다고 해도 그 종적을 걱정할 사람이 하나도 없을 거라고 생각했었다. 동거인이었다던 정명주도 죽어버린 마당이 아닌가. 그러나 어쨌든 누군가 신고를 했다는 것이고, 그것은 이제 경찰의 문제가 되었다.

미라는 조금도 걱정하지 않았다. 물론 이렇게 말한다면 사실이 아닐 것이다. 미라는 걱정했다. 그러나 천문대처럼은 아니었다. 잘만 묻으면 20년도 간다. 서울 한복판에서도 그런 일이 벌어지는데, 여긴 시골구석이었다. 더 깊이 더 완벽하게 파묻을 땅은 얼마든지 있었다. 경찰이 미치지 않고서야 송중호 같은 인간 하나를 찾기 위해 이 일대 숲을 전부 뒤지지는 않을 것이다. 경찰이라는 존재에 대해서 미라는 아주 잘 알고 있었다. 그렇다고 생각했다. 경찰이란 무능하거나 게으르거나 원래 아무것도 아닌 것이거나, 그 셋 중의 하나거나 전부이거나. 1994년에 경찰은 김주열을 찾았어야만 했다. 찾을 수 있었을 것이다. 기껏해야 열일곱 살짜리 애들이 서툴기 짝이 없게 묻었을 시체를 경찰이 왜 못 찾나. 기껏해야 한동네에 사는 애들이 묻은 시체를 왜 못 찾나. 그 누나가 포기도 하지 않고 찾고 또 찾았다는데 왜 못 찾나. 왜 안 찾았나.

찾을 이유가 없었던 것이다. 송중호도 마찬가지였다. 경찰에게 송중호를 찾을 이유가 있을 리 없었다.

그랬음에도 옮겨 묻기는 해야 했다. 한밤중에 빗속에서 땅을 파고 시체를 묻는 일은 여간 고된 일이 아니어서 미라와 천문대는 녹초가 되었다. 둘 다 거의 쓰러질 듯이 기어 펜션으로 돌아와 젖은 몸을 다 말리지도 못한 채 침대에 쓰러져버렸다. 먼저 일어난 아이가 자신의 얼굴을 만지는 것도 알지 못했다. 남향으로 난 방은 전부 객실로 쓰고 동향으로 난 구석방을 내실로 쓰는 터라 아침 햇살이 길고 깊숙하게 들어왔지만 미라는 딱한 번 몸을 돌려 누웠을 뿐이다. 정오 무렵이 될 때까지 미라는 코를 골면서 잤다.

잠이 깬 건 전화벨 소리 때문이었다. 간신히 눈을 떠 전화를 받자 여기 펜션에 와 있는데요, 안 계세요? 했다. 예약 손님은 없었다. 미라가 부리나케 일어나 사무실로 뛰어가는 동안 마당에 차

한 대가 주차되어 있는 것이 보였다. 예약 없이 온 손님들이었다. 미라는 정신없이 손으로 얼굴을 비벼가며 마른세수를 하고 머리를 쓸어 넘기면서 바깥으로 뛰어나갔다. 손님들은 꽃밭 옆 벤치에 앉아 있었다. 미라는 활짝 웃으려고 했는데 웃음 대신 하품이 먼저 나왔다. 어지러웠다. 지독한 피로와 함께 현기증이 몰려왔으나, 그래도 간신히 손님에게 방을 보여줄 수는 있었다. 손님들은 나중에 다시 오겠다고 했다. 그러나 다시 올 손님들로 보이지는 않았다.

그러는 동안 내리 천문대가 보이지 않았다. 손님들이 떠나는 것을 확인한 후에야 미라는 천문대를 찾아 지름길로 내려갔다. 새벽녘에 봤던 것보다 훨씬 더 길 상태가 좋지 않았다. 만일을 위해서 길을 폐쇄한다는 팻말을 붙이거나 줄이라도 쳐놔야 할 것 같았는데, 그랬다가는 정말이지 범죄 현장처럼 보이지 않겠는가. 미라는 코웃음을 쳤다. 범죄 현장이라니, 누가 누구보고 그런 말을 할 수 있단 말인가. 송중호 같은 놈이라면 열 명이 와도 열 명 다 죽일 수 있다. 처음이 어렵지 두 번째는 어려울 것도 없고, 세 번째부터는 껌이다. 미라는 웃었다. 세 번째부터는 껌이라고 생각하는 자신의 낡은 유머가 웃겼기 때문이다. 새로운 유머를 배워야 할 필요가 있었다. 그래야 할 것 같았다.

지름길 어디에도 천문대는 보이지 않았다. 맑은 공기를 마시면서 숙취가 가시는 것처럼 어지럼증도 사라져갔다. 마치 머릿속에 꾹꾹 쑤셔 넣었던 젖은 솜이 조금씩 빠져나가는 느낌이었는데, 그렇게 어지럽고 피로하지만 않았더라도 미라는 숲속 지름길보다는 자신의 차를 먼저 살펴야 한다는 걸 벌써 깨닫고 있었을 것이다. 펜션으로 돌아와서야 미라는 자신의 차가 사라졌다는 걸 알았다. 미라는 잠시 의자에 앉았다. 하필이면 앉은 곳이 그네 의자라 흔들릴 때마다 다시 어지럼증이 찾아왔다. 미라는 그 의자에서 내려와 바닥에 쪼그려 앉았다. 뒤늦은 구토가 조금 올라왔다. 차 뒷좌석에 실려 있던 더러운 것이 떠올랐다. 트렁크에 싣고 싶었지만 그녀 혼자 힘으로는 그렇게 하는 게 불가능에 가까웠다. 미라는 연약한 여자가 아니었다. 그러니까 연약해서 싣지 못한 게 아니라 어떤 여자라도 그런 것을 혼자 힘으로 트렁크에 싣는다는 건 불가능한 일이었을 거라는 말이다. 그래서 그 더러운 걸, 지독하게 더러운 냄새를 뿜뿜 풍기는 그것을 뒷좌석에 실은 채 세 시간이 넘게 야간 운전을 해야만 했었다. 천문대가 그걸 처리하러 나간 게 틀림없었다.

그런데…… 그렇다면…… 그것도 죽었을까.

또다시 터져 나오는 웃음을 참을 수가 없었다. 세 번째부터는 확실히 껌인데, 그렇다면 네 번째에는 뭐가 되는 걸까라는 생각이 들었기 때문이다. 확실히 새로운 농담을 배울 필요가 있었다. 미라는 오래, 발작적으로, 미친 듯이 웃었다.

웃음을 간신히 멈춘 건 전화벨 소리 때문이었다. 발신인이 민혁으로 되어 있었다. 회사에 있을 시간이었고, 회사에서는 문자를 보내는 대신 전화를 거는 경우가 거의 없는 민혁이었다.

미라야. 민혁이 미라를 불렀다. 그 느낌이 이상했다. 전화를 받기 직전 아이가 미라에게로 다가왔고, 그때 미라는 아이의 머리를 장난삼아 흐트

러뜨리고 있던 중이었다. 민혁이 미라야, 불렀을 때 미라는 아이의 머리에 올려두고 있던 손을 떼어냈다. 기댄 듯 앉아 있던 몸도 일으켰다. 그사이, 미라야, 민혁이 다시 미라를 불렀다. 어쩐 일인지 대답이 나오지 않았다. 왜 그래, 무슨 일이야, 물어봐야 할 것 같았는데. 그게 아니더라도 무슨 말이든 해야 할 것 같았는데. 민혁이 다시 또 미라야, 불렀다. 미라는 입술을 깨물었다. 자신도 모르는 사이, 그때 무슨 말이 튀어나오려고 했는데 그 말이 아무래도 이런 말인 것 같았기 때문이다. 시끄러, 이 새꺄! 내 이름, 그만 불러!

1994년 7월 24일, 그 일이 벌어졌던 빈집에는 두 명의 여자아이와 네 명의 남자아이가 있었다. 그중 한 명이 그날 죽었고, 그중 한 명은 그 후로도 잘 살았다. 아니, 그 후로도 잘 산 건 그중의 한 명이 아니라 나머지들 전부였다. 죽기 전까지는 다들, 잘들 살았다.

그중의 한 명인 최윤재는 여전히 그 동네를 떠나지 않고 살고 있었다. 살고 있는 정도가 아니라 그 시장에서 해장국집도 하고 있었다. 죽은 김주열이 묻혀 있는 동네에서. 그 김주열을 여전히 찾고 있다는 그의 누나 김주희가 살고 있는 동네에서. 최윤재의 식당은 금방 눈에 띄는 곳에 있지는 않았지만, 그렇다고 찾는 게 어려울 정도는 아니었다. 골목 안쪽에 위치하고 있어서 아마도 배달을 주로 하는 곳이거나 아니면 단골들이 다니는 식당일 거라고 생각했는데, 미라가 문을 열고 들어갔을 때는 단골이고 뭐고 손님이라고는 보이지도 않았다. 시장이 새 단장되고 동네가 구역별로 땜질을 하듯 수선이 되는 동안에도 몇 구역은 그 땜질조차 받지 못한 듯했는데, 그중의 한 곳이 바로 그 골목인 듯했다. 티브이 뉴스를 보고 있던 남자가 물병을 얹은 쟁반을 가지고 왔다. 그 자가 분명했다. 민혁의 친구, 아니 민혁의 공범인 최윤재. 미라는 선지해장국을 시켰다.

주방에 주문을 넣은 후, 최윤재는 다시 티브이를 보기 시작했다. 무슨 일이 있었던 걸까. 미라는 최윤재의 오른쪽 뺨 광대뼈 부근에 멍 자국이 있는 것을 보았다. 그러고 보니 귀 뒤쪽으로 붕

대가 붙어 있기도 했다. 쟁반을 가지고 올 때 이
상하게 걷는다고 생각했었는데 아마도 절룩거렸
던 것인 모양이었다. 해장국을 식탁 위에 내려놓
을 때 다시 자세히 보니 손가락 마디마디에 피딱
지도 엉겨 붙어 있었다. 마치 누가 발로 질근질근
밟아놓은 것처럼.

미라는 그날 그 식당의 마지막 손님이었다. 미
라가 시킨 해장국이 나온 후, 주방에서 여자 하나
가 나와 먼저 갈게요, 했다. 최윤재는 그 말에 대
답하는 대신 미라를 힐긋 돌아보았다. 미라는 소
주 한 병을 시켰다.

"금방 문 닫을 겁니다."

최윤재가 대답했다. 벽시계가 있었는데 시계
유리가 파리똥이 묻은 것처럼 더러웠다. 그러고
보니 주방 쪽에 파리 끈끈이가 있는 것도 보였다.
아마도 여기저기 바퀴벌레를 잡는 끈끈이들도 있
을 것이다.

"아직 열 시도 안 됐는데요."

"열 시에 문 닫아요."

"금방 마실게요."

최윤재가 냉장고로 가서 소주 한 병을 꺼내 왔다. 그리고 무슨 까닭인지 최윤재가 미라에게 물었다.

"돈은 있어?"

반말이 아니라 돈은 있소? 이렇게 물었을 것이다. 아마도 그랬을 것이다.

"왜 그렇게 물어봐요?"

"뭔 일 있는 여자로 보이잖아."

"내가요?"

"그래, 네가."

아니, 최윤재는 적어도 그때까지는 반말을 하지 않았을 것이다. 그리고 적어도 그때까지는 미라도 취하지 않았을 것이다. 미라는 술을 좋아하지 않았다. 어쩌다가 마시더라도 입술을 축이는 정도에 지나지 않았다. 그러나, 이날, 어쩐지 미라는 술을 마시지도 않았는데 이미 취해 있는 것 같은 기분이었다.

"같이 한잔하실래요?"

미라가 물었고, 최윤재는 선 채로 한동안 미라를 내려다보다가 카운터 쪽으로 가서 가게 절반의 불을 껐다. 그러고 나서야 빈 잔을 가지고 다시 미라에게로 왔다.

"어딜 다쳤어요?"

최윤재는 대답 대신 자신의 빈 잔에 소주를 채웠다.

"여기저기 다쳤나 본데……. 거긴, 괜찮은 거예요?"

소주잔을 입에 대면서 최윤재가 눈만 치켜떠 미라를 바라보았다.

"거기, 마음 말이에요. 여기, 내 마음은 괜찮지가 않아서 말이지요."

최윤재가 소주잔을 탁 하고 내려놓았다.

"어디 정신병원 같은 데서 나온 거야?"

미라는 최윤재가 겪었던 1994년 여름의 이야기를 최윤재에게서 듣지 않았다. 송중호의 그날 이야기를 송중호에게서 듣지 않았던 것처럼. 그건, 정명주 역시 마찬가지였다. 자기 입으로 자기 이야기를 말한 사람은 민혁이 유일했다. 어쩌면 민혁만이 유일하게 자기 입으로 거짓말을 했다는 뜻일지도 몰랐다.

모두가 다른 말을 했지만 한 가지만은 똑같았다. 나는 김주열을 죽이지 않았다. 하느님께 맹세코, 나는, 김주열의 몸에 손가락 하나 대지 않았다. '우리는'이 아니라 '나는'이라고 했다. '나는 죽이지 않았다'고.

그리고 누구도, 김주열이 죽는 걸 봤다고 말한 사람이 없었다. 정명주도 마찬가지였다. 그녀 역시 민혁처럼 김주열이 죽기 전에 그 빈집에서 나왔고, 그 이튿날 송중호가 불러서 다시 갔을 때는 이미 죽어 있었다는 것이다. 똑같은 진술, 말을 맞춘 것처럼, 초 단위로 맞춘 것처럼.

"그 자식은 완전히 맛이 가 있었거든. 가도 완전히 다 가버렸던 거지. 죽인다, 죽인다, 자꾸 그런 헛소리를 하면서. 그게 지겹더라고. 개새끼. 지겹잖아. 정말로 지겹더라고."

정명주의 그 말은 민혁에게서 들은 말과 똑같았다. 미라의 기억이 정확하다면 토씨 하나까지 같았다. 미라는 지적하지 않았다. 어떻게 그렇게 똑같이 말을 할 수 있냐고 묻지 않았고, 거기 그

부분은 틀린 게 아니냐고 말하지도 않았다. 다만 들었을 뿐이다.

아무튼, 그래서 정명주는 먼저 나왔다는 것이다. 민혁처럼. 그리고 그 이튿날 송중호가 불러서 갔을 때는 김주열은 이미 죽어 있었고, '개들이' 벌써 삽을 들고 있었다는 것이다. 그러니까 개들. 송중호, 최윤재, 민혁.

"그 새끼는 어찌나 덜덜 떨고 있던지 그 자식이 삽을 들고 있는 게 아니라 삽이 그 자식을 휘두르는 것 같더라니까. 그래서 내가 소리를 질렀어. 막 소리를 질렀지. 개새꺄, 거기가 아니잖아! 거기가 아니라니까! 제대로 파란 말이야! 그랬는데, 주먹이 날아오더라고. 너는…… 피맛을 알아?"

정명주는 많은 것을 기억했다. 그들이 들고 있던 삽에 묻어 있던 흙, 그 삽날이 흙만 뜨는 게 아니라 시멘트에도 부닥쳐 쩡 하는 소리를 낼 때 그녀의 뼈마디가 쪼개지는 듯하던 통증……. 냄새, 무엇의 냄새였을까……. 어쨌든 정명주는 냄새를 기억했고, 그 냄새를 맡을 때 흐르던 땀의 느낌도 기억했다.

빈집은 축대를 뒷벽으로 삼고 있는 집이었다. 그 축대가 반쯤 무너져서 흙이 드러나 있었다. 구덩이는 바로 그 축대 아래 화단이 있던 자리에 파헤쳐져 있었다. 전날의 폭우로 인해 마당이든 축대든 화단이든 다 푹 젖어 있었다. 팬 곳이 많아 비가 그친 후에도 여전히 비 웅덩이 같았던 마당에 그녀는 그대로 주저앉았다. 그녀의 엉덩이가 순식간에 평 젖었다. 그때 그들을 말렸을까, 잘 기억이 나지 않는다. 말려야 했을까……. 그 후, 오랫동안 했던 생각이었다.

미라에게는 세 보이려고 노력했지만, 사실 정명주는 세지도 거칠지도 않았다. 아니, 그러지를 못했다. 노는 걸 좋아했고, 노는 애들과 어울리는 게 좋았을 뿐이다. 그러려면 센 척하고 거친 척해야 한다고 믿었을 뿐이다. 사실은 겁이 많았고, 망설임이 많았고, 누구의 결정을 쫓아 우르르 달려가는 게 제일 마음 편했다. 빈집도 그렇게 갔고, 김주열을 묻는 것도 그렇게 보았다.

그녀는 김주열을 죽이지 않았다. 하느님께 맹

세코, 그녀는 김주열의 몸에 손 한 번 대지 않았다. 그러나, 그랬음에도, 자신에게는 분명히, 명백하게 김주열의 죽음에 관한 책임이 있다는 생각을 정명주는 떨쳐낼 수가 없었다. 그리고 바로 그 순간에 느꼈던 두려움과 고통, 어딘가 아주 깊은 구멍에 빠져버린 것 같은 그 숨 막히는 느낌을 그녀는 잊을 수 없을 것이라고 생각했다. 그녀는 아마도, 아니 분명히, 그 느낌을 자신의 인생에서 영원히 떨쳐내지 못할 것이다. 그리고 시간이 흐를수록 그 사실은 점점 더 명백해졌다. 송중호가 처음으로 감옥에 갔을 때, 그녀는 그가 사형을 당했으면 좋겠다고 생각했다. 고작 절도로 들어간 거라는 걸 알고 있었음에도 그랬다. 그때 그녀는 이미 송중호와 같이 살고 있었다. 혼인신고를 한 적은 없지만, 툭하면 헤어졌지만, 그래도 어느새 또 같이 살고 있었다. 툭하면 맞고 툭하면 어디가 부러지고 피를 흘렸다. 도망치면 발각되었고, 발각되면 또 죽도록 얻어맞았다.

그녀는 그야말로 열렬한 증오심으로 송중호가 죽기를 바랐다. 송중호한테 툭하면 얻어맞아서가 아니었다. 맞는 건 이유가 있어서라고 생각했다. 한 사람이 죽어 아무도 모르게 땅속에 묻혀 있는 데 이렇게 아무 일도 없을 수는 없는 거니까. 누군가는 그걸 갚아야 하는 거니까.

그녀는 송중호로 인해 무언가를 잃었다. 아니, 김주열로 인해서였을까. 아무튼 살아 있는 건 송중호였으니 누군가 책임을 져야 한다면 그건 송중호일 것이다. 송중호가 사형을 당하면 김주열뿐만 아니라 그녀 자신도 구원받을 수 있을지 몰랐다. 그렇게 되기를 바랐다. 누가 더 나쁜 놈인가는 상관없었다. 죄는 모두가 지었다. 게다가 그날 함께 있던 여섯 명 중 제일 나쁜 놈은 사실 김주열이었다. 그들에게 본드를 가르쳐준 것도 김주열이었고, 동네의 빈집들 중 그 집이 제일 놀기 좋다는 걸 알려준 것도 김주열이었다. '죽여버린다'는 말을 입에 붙이고 살던 애였다. 웃어도 죽여버린다고 했고, 대답을 조금만 늦게 해도 죽여버린다고 했고, 뭘 좀 많이 먹어도 죽여버린다고 했다. 그냥 그게 입버릇이었다. 황경선한테는 너무 예뻐서 죽여버릴 거라고도 했었다.

그런데 황경선…… 그 애가 '죽여버리고 싶을 만큼' 예뻤던가. 그렇게 생각했던 기억은 없다. 그냥 생양아치 날라리 년일 뿐이었다. 아마 주열이하고 잤을 것이다. 최윤재하고도 그랬을지 모르고. 송중호하고도 잤을지 모른다. 황경선은 그 후 10년도 더 못 살고 죽었다. 정확히 그로부터 몇 년 후에 벌어진 일인지는 모르지만, 교통사고로 죽었다고 들었다.

그 소식을 알게 되었을 때도 정명주는 송중호하고 같이 살고 있었다. 같이 살면서 매일매일 그 자식이 죽어버렸으면 좋겠다고 생각하고 있었다. 송중호도 그랬을지 모른다. 정명주가 황경선처럼 어느 날 갑자기 죽어버려서 그들이 당해야 할 일을, 혹시 그런 게 있다면, 그 모든 걸 다 가져가주기를. 그래서 점점 더 손버릇이 나빠졌던 것일지도. 자기가 감옥에 있는 동안 정명주가 감쪽같이 죽어버렸으면 좋겠는데 여전히 살아 있고, 그래서 자신은 여전히 과거의 어떤 일을 떠올리지 않을 수 없고, 그래서 화가 나서 또 손을 대게 되고, 뭐 그런 거였을지도.

민혁을 찾아간 것이 그즈음이었다. 황경선이 죽은 걸 안 후에도 달라진 것은 아무것도 없었다. 아무것도 없는데 사는 게 갑자기 시시해졌다. 그래서 그 자식도 자신처럼 시시하게 살고 있는지 보고 싶어졌던 거다. 성이 민, 이름이 외자인 혁이어서 이름만 멋있는 새끼라고 불렀지만 사실은 아무것도 멋있는 게 없었던 새끼다. 그런데 놀랍게도, 세월이 오래 흐른 후, 그 자식은 이름이 아니라 사는 게 멋있어졌다. 회사원이 된 민혁이 그야말로 건실한 시민으로 잘 살아가고 있다는 걸 알았을 때, 정명주는 심장 어디께가 쪼개지는 듯한 충격을 받았다. 삽날로 심장을 얻어맞은 것 같았다고 해두자. 그런 소식은 차라리 모르는 게 더 나았을 것이다. 그러나 소식은 어떻게든 돌고 돌아서 전해져 왔고, 그녀는 결국 민혁의 소식을 알게 되어버렸다. 몰랐으면 모를까, 알고 나서는 그가 일한다는 회사를 찾아가지 않을 수 없었다. 중소기업이라 이름도 들어보지 못한 회사인데, 그 회사 건물이 제법 높고 번듯했다. 그녀는 한동안 고개가 꺾어지도록 그 건물을 바라보고 서 있었다. 알 수 없는 분노와 알 수 없는 좌절감과 알 수 없는 슬픔이 몸속에서 출렁출렁했다. 삽으로 퍼내면 몇 삽, 몇십 삽이 나올 것 같은 분노와 좌절감과 슬픔이었다. 자신이 그들 중 누군가와 같이 살아야 했다면 그건 송중호가 아니라 민혁이 아니었을까. 그런데 지금 감옥에 있는 송중호와 지금 회사에 있는 민혁 중에 더 나쁜 놈은 누구인 걸까. 아니 구제불능 술주정뱅이 최윤재와 교통사고로 죽은 황경선까지 합쳐 세상에서 제일 나쁜 놈, 나쁜 년은 누구인 걸까.

아무튼 민혁에게 돈을 요구하기 시작한 게 그때부터였는데, 사실 그녀가 요구한 것은 돈이 아니었을지도 모른다. 물론 돈도 필요했지만, 돈은 언제나 필요했지만, 그 돈과 함께 갖고 싶은 다른 것도 있었다는 것이다. 연대감……. 표현이 이상하긴 하지만, 어쨌든 그와 비슷한 감정이 필요했다는 것이다. 내가 아니라 우리, 그가 아니라 그들, 네가 아니라 우리……. 그런 것. 민혁은 마지못한 정도가 아니라 그야말로 있는 힘을 다해 그녀가 요구하는 것을 채우려고 노력하는 것 같았는데, 그게 기가 차고 웃겼다. 뭐야, 지가 뭐 재벌 2세라도 돼? 병신, 지랄하고 자빠졌어. 그러나 사실 정명주가 달라고 하는 돈은 민혁이 감당 못할 정도의 거액은 아니었고, 그걸 요구하는 것은 또한 그를 계속 만나려는 핑계이기도 하다는 것을 민혁 역시 모르지 않았을 것이다. 그러니까 민혁은 마지막이라는 말은 해서는 안 됐다는 것이다. 이제 더는 전화하지 말라고, 끝이라고, 그따위 말은 해서는 안 됐다는 것이다.

정명주는 그날을 기억했다. 불꽃놀이가 있던 밤. 그녀는 그때 강변에서 아주 멀리 떨어진 곳에 있었는데, 그런데도 먼 하늘에서 터지는 불꽃을 볼 수 있었다. 폭죽이 터지는 소리까지는 들리지 않았는데, 민혁에게 전화를 걸었을 때 그 소리가 그 전화기를 통해 들렸다. 민혁은 악을 써서 말했고, 그녀도 그렇게 해야 했다.

오, 그래? 결혼할 거라 이거지? 깨끗하게 살 거라고? 넌 안 죽였다고? 백 번 천 번을 말해봐, 이 새꺄. 그걸 누가 믿나. 어떤 병신 같은 년이 그 말을 믿을지 한번 말해보시지. 겁나? 그럼 내가 대신해줄까? 내가 대신 말해줘? 이 쪼다야!

　미라는 최윤재와 2차를 갔다. 최윤재가 사겠다
고 했다. 해장국집에서 멀지 않은 곳에 있는 시장
통 파전집이었다. 시장은 이제 파장 분위기여서
파전집 창가에서 내다보는 밤 시장의 풍경이 을
씨년스러웠다. 점포마다 비닐 포장이 쳐졌고, 박
스들이 쌓였다. 하루 장사를 끝낸 사람들이 허리
의 전대를 고쳐 매고 있는 것도 보였다. 멀리서
천둥소리가 들렸다. 잠시 후에는 번개가 치는 것
도 보였고, 다시 천둥소리가 이어졌다. 곧 한바탕
비가 쏟아질 것 같았다.

　파전집에 가기도 전에 최윤재는 이미 만취 상
태였다. 겨우 소주 한 병을 마셨을 뿐인데도 그랬
다. 그렇게 빨리 취하는 사람은 본 적이 없었다.
소주 한 잔을 입에 털어 넣었을 때 이미 그는 취
한 것처럼 보였고, 반병을 마시기도 전에 만취 상
태로 보였다. 2차를 가자고 조르기 시작한 건 한
병을 다 끝내기도 전이었다. 미라가 도망이라도
갈까봐 걱정하는 것처럼 그는 서둘러 홀의 불을

전부 끄고 센서등만 남아 있는 가게 문 앞에 서서 가자, 가자, 졸랐다. 파전집에서는 아예 인사불성 이었다. 마시는 술보다 흘리는 술이 더 많았는데, 그 와중에도 그는 피딱지가 엉겨 붙어 있는 손마 디를 테이블에 쿵쿵 찧어댔다. 술 때문에 더는 통 증조차 느끼지 못하는 자해의 습관이었다. 그는 자신의 멍든 얼굴에 대해서도 얘기했다. 술을 마 셨는데 깨어보니 이 지경이었다는 것이다. 누가 와서 자기를 호되게 후려갈기고 간 것 같은데 기 억이 나지 않는다는 것이다.

"알코올성 치매라는 게 있대. 술을 너무 처먹어 서 이렇게 됐다는 거지. 말하자면 맛이 갔다는 거 지."

최윤재가 말했다.

"근데 이건 델 것도 아냐. 진짜 맛이 갔던 놈을 내가 하나 알거든. 그 새긴 정말 완전히 맛이 갔 었다고. 그게 벌써 7천6백71일 전 얘기야."

7천6백71일이라니……. 미라는 그가 1994년 7월 24일의 이야기를 하고 있다는 걸 알았다. 정 확히 21년 하고도 사흘 전의 이야기.

"웃기지? 내가 날짜 세는 게 취미거든. 매일매일 날짜를 셌단 말이야. 맛이 갈 만도 했겠지? 어떤 미친놈이 하루도 안 빠지고 날짜를 셌단 말이야. 365 세고, 그다음에 또 365 세고, 일곱 번 셌다가 나중에는 열 번 세고, 또 다섯 번 세고. 법이란 게 얼마나 자주 바뀌는지 모르지? 그게 아주 지랄을 하는 거거든. 아무튼 그게 늘어나는 바람에 또 셌지. 스무 번 세고, 또 한 번 세고. 뭐 그렇게까지 할 필요는 없지만, 유비무환, 뭐 그런 거 있잖아……. 아닌가, 여기선 그게 아닌가? 그럼 뭐지? 조삼모사? 임전무퇴……? 젠장, 아무튼……."

소주 한 잔, 아주 잠깐의 침묵.

"아무튼, 이 나라는, 씨발, 뭐가 맨날 바뀌어. 그게 조삼모사 아니야? 나도 고등학교 때 공부 좀 했거든. 맨날 본드만 하진 않았단 말이야. 그러니까 암도 안 걸리고 잘 살고 있잖아. 아무튼, 젠장, 아무튼…… 알게 뭐야, 앞으로 또 바뀔지. 그래도 지금은, 땡 친 거잖아. 확실하게 친 거잖아. 학교 종이 땡땡땡, 종은 시작할 때만 치는 게 아니야.

끝날 때도 친다 이거지. 내가 무슨 말을 하는 줄 알아? 넌 내가 무슨 말을 하는 줄 아냐고?"

그는 10초쯤을 침묵했다. 그리고 말했다.

"그런데, 난 말 안 할 거야. 절대로 말 안 할 거야."

그리고 다시 5초쯤 후.

"내가 안 죽였다고, 그런 말도, 절대로 안 할 거야."

그리고, 곧바로.

"그런데 웃기잖아. 죽였어도 이미 끝난 일이라는데, 안 죽였다는 말 정도는 해도 되는 거 아니야?"

그리고 갑자기 최윤재가 울기 시작했다. 미라는 구역질이 날 것 같은 기분을 참을 수가 없었다. 참으로 지긋지긋한 인간이 아닌가. 이런 인간을 한번 봐야겠다고 생각했던 자기 자신에게조차 염증이 치밀 지경이었다. 대체 이런 인간을 뭣 때문에? 직접 보지 않는다고 모를 것도 없었다. 무엇을 할 수 있고, 무엇을 할 수 없는 인간인지 보지 않아도 뻔했었다. 지긋지긋하고 끔찍하고 냄새나고 더러운 인간이었다. 세상의 그 누구도 이 고주망태의 말을 믿지는 않을 것이다. 듣지조차 않을 것이다. 어쩌면 이 고주망태는 김주열이 묻힌 곳이 어딘지도 이미 잊어버렸을지 모른다. 김주열을 묻은 곳이 어딘지도 잊어버린 채 공소시효에 관한 법률이 변경될 때마다 벌벌 떨고 있었을, 그러다가 자기가 왜 떨고 있는지조차 모르고 있었을 이 벌레 같은 인간이 미라는 정말로 지겨웠다. 미라가 가방을 챙겨 일어서려고 할 때였다. 최윤재가 탁자를 건너 미라의 손을 움켜쥐었다.

"네가 누군지 알아."

최윤재가 말했다.

"내가 완전히 맛이 간 거처럼 보이지? 그래도 난 기억한다니까."

최윤재가 다시 말했다. 세 마디의 말을 연속해서였다.

"안 믿는 거지, 내 말?" "내가 안 죽였다는 말 안 믿는 거지?" "근데 불꽃놀이는 좋았어?"

미친놈. 미라는 입술을 깨물었다. 모두가 거짓말을 하고 있었다. 불꽃놀이의 그 밤, 프러포즈를 받을 줄 알았던 그 밤, 누군가 민혁에게 전화를 걸었었다. 그 찬란하고 황홀한 순간에조차 받아야 할 만큼 민혁에게는 중요한 전화 같았었다. 전화를 받고 돌아온 민혁의 표정이 창백했었다. 민혁은 그 전화가 김주희에게서 온 거였다고 나중에 말했다. 정명주는 자기가 했다고 했다. 그런데 최윤재는 이제 그 전화를 자기가 건 거라고 말하기라도 하려는 것일까. 다들 미친것들이었다. 최윤재는 이제 정명주처럼 협박이라도 하려는 것일까. 돈보다도 더한 협박, 너도 이젠 알잖아, 그러니까 너도 이젠 한편이잖아, 라는 협박.

"니들을 봤어. 니들이 보였다니까. 한강 건너에서 망원경으로 니들을 보고 있었다고. 니들만 그렇게 행복하면 그거 반칙이잖아."

미라는 최윤재가 말을 다 끝맺기도 전에 일어섰다. 들을 필요도 없는 헛소리였다. 최윤재도 쫓아 일어섰다. 최윤재는 허겁지겁 미라의 뒤를 쫓아 나왔다. 파전집을 나서고, 시장통을 가로지르고, 차를 주차한 곳에 이를 때까지 쩔뚝쩔뚝 허겁지겁, 그랬다. 미라가 운전석의 문을 열 때는 미라의 팔을 잡았다. 그러고는 한 잔만, 딱 한 잔만 더 하자고 사정을 했다. 그를 떼어내려면 떠밀지 않을 수 없었는데, 별로 세게 힘을 준 것 같지도 않았는데 최윤재는 뒤로 벌러덩 나동그라졌다. 그야말로 인사불성, 고주망태, 아무것도 기억 못 할 놈이었다. 자기가 사람을 죽였는지 안 죽였는지도 기억 못 할 놈이었다. 염증이 치밀어 올랐다. 견딜 수 없는 염증이었다. 미라는 나동그라져 있는 최윤재에게 다가갔다. 최윤재는 드러누운 채로 미라를 올려다보고 있었다. 그런 최윤재의 머리통을 미라가 발길로 걷어찼다. 샌들을 신고 있는 미라의 발이 아팠다. 발가락이 부러져버릴 것 같은 통증이었다. 그런데도 미라는 다시 한번 더 찼다. 비명은 최윤재가 아니라 미라 입에서 나왔다. 너무 아파서, 이런 개새끼를 차느라고 너무 아픈 발이 화가 나서 미라는 한 번 더 찼다.

완전히 널브러져버린 최윤재를 두고 미라는 차에 올라탔다. 널브러진 건 걷어채어서가 아니라 기껏해야 술 때문일 것이다. 그게 아니라고 해도 무슨 상관이겠는가. 미라의 차는 그때 골목에 주차되어 있었다. 시장 공용 주차장이 만차라서 주변을 몇 바퀴나 돈 끝에 딱지를 끊든 말든 상관없다고 생각하며 주차를 했던 곳이었다. 골목이 캄캄했다. 불이 켜진 집이 하나도 보이지 않았다. 개발도 수선도 미치지 못한 곳, 세월도 시간도 잠들어버린 곳. 아마도 여기가 폐가들의 골목이 아닐까. 그렇다면 혹시 김주열이 여기 어딘가에 묻혀 있을까.

차를 출발시키려고 후방을 살필 때, 다시 바닥에 널브러져 있는 최윤재가 보였다. 그것은 마치 더러운 쓰레기 뭉치처럼 보였다. 아무 데나 버려서는 안 되는 더럽고 냄새나는 쓰레기였다. 미라는 차에서 내렸다. 트렁크를 열어 그 쓰레기를 실으려고 했다. 어쨌든 쓰레기를 아무 데나 버릴 수는 없었으므로 일단 회수를 할 작정이었는데, 이 쓰레기가 너무 무거웠다. 하느님 맙소사, 지독하게 무거웠다. 그걸 혼자 힘으로 트렁크에 싣는다는 것은 불가능한 일로 여겨졌다. 헉헉거리는 미라의 숨소리가 그 캄캄한 골목길을 홀로 공명했다.

땀으로 온통 범벅이 된 미라는 최윤재를 뒷좌석 문 앞으로 끌어당겼다. 머리에서 흐르는지 어디에서 흐르는지 골목 바닥에 피가 줄줄 흘렀다. 상관없었다. 곧 비가 올 것 같았고, 소나기든 아니든 한바탕 대단한 비가 쏟아질 것 같았다. 이 더러운 쓰레기의 흔적 같은 것은 말끔히 치워질 것이다. 최윤재를 문 앞으로 끌어당겨놓고 미라는 반대쪽으로 들어갔다. 그러고는 뒷좌석에 쭈그려 앉아 최윤재를 끌어올리기 시작했다. 정말이지 쉬운 일이 아니었지만 트렁크에 싣는 것보다는 나았다. 그녀는 그야말로 젖 먹던 힘까지 짜내서 최윤재를 끌어당겼다. 최윤재의 몸이 절반쯤 끌어당겨졌을 때는 차에서 내려 최윤재의 나머지 절반을 욱여넣었다. 그러는 동안 뒷좌석에 실려 있던 슈크림 빵이 다 뭉개졌다. 마침내 차문을 닫을 수 있게 되었을 때, 미라의 입에서 긴 한숨이 새어 나왔다. 여전히 헉헉거리면서, 너무 지친 나머지 다 뭉개져버린 슈크림 빵을 마구 입속에 집어넣으면서, 그녀는 혼자 중얼거렸다.

이것 보라고. 할 수 있잖아. 할 수 있다니까. 어

디 한 놈 더 와보라고 그래. 마저 실어줄 테니까. 내가 아주 싹 다 실어주고 싹 다 묻어줄 테니까.

차에 올라타 시동을 걸 때부터는 웃음이 터져 나오기 시작했다. 그 웃음이 곧 폭소로 변했다. 더러운 냄새가 가득 찬 차 안에 웃음과 광기 또한 가득했다. 처음 얼마 동안이었다. 펜션까지 내려 가는 동안, 그 후 세 시간 반 동안, 그녀는 다시는 더 웃지 않았다.

아저씨, 그날 사고가 나지 않았다면 우리는 천문대에 갈 수 있었겠죠? 천문대에서 사진도 찍었을 거예요. 아저 씨하고 엄마하고 나. 어쩌면 천문대에서 일하는 다른 사 람들하고도 사진을 찍었을지 몰라요. 실은 난 천문학자 라는 사람들이 정말로 궁금했거든요. 우리나라에서 제일 크다는 천체망원경도 보고 싶고, 그 망원경으로 별도 보 고 싶었어요. 만일 그날 우리가 천문대에 올라갈 수 있었 다면, 나는 그날부터 천문학자가 되는 꿈을 꾸게 되었을 지도 모르겠어요. 그리고 어느 날엔가는 땅을 파고 있는 대신 하늘을 바라보고 있었겠죠. 내 이름을 딴 별도 발견 할 수 있었을지 몰라요. 미라신성1994A. 그런 별이 있다면 정말로 근사하지 않겠어요?

아저씨 케플러신성에 대해서 말씀드릴까요? 케플러가 1년을 넘게 하늘만 바라보다가 초신성 하나를 발견했는데, 그 이름이 V843OPH래요. 무슨 말이냐고요? 묻지 마세요. 그걸 내가 어떻게 알겠어요. 말했잖아요. 그런 건 그냥 외우는 거라고요. 외우고 상상하고, 상상하고 쓸쓸하고, 그러면서 별거 아니다, 별거 아니다, 별거 아니다. 그렇게 세 번 중얼거리는 거라고요. 엄마가 죽어가는 동안 내가 읽었던 책은 책이 아니라 글자였다니까요. 수많은 별들이 끝없는 우주를 채우고 있는 것처럼 그 책 속에 글자들이 채워져 있었어요. 반짝, 반짝, 반짝반짝, 그래서 아름다웠다니까요. 나는 그 글자들을 보면서 폭죽이 터지듯 매일매일 우주의 어딘가에서 초신성들이 폭발하고 있는 걸 생각했어요. 아름답더라고요.

그런데 아저씨. 우리가 어떻게 이 우주의 여기에, 지금, 살고 있게 된 건지 아세요? 그토록 많은 우주 중에서 하필이면 여기 이 우주에? 그건 마치 주사위 던지기 같은 거라는군요. 확률 게임이라는 거지요. 수억 개의 주사위를 수조 번쯤 던지다 나온 당첨. 그래서 신기해요? 아니요. 그 책에 나온 말이에요. '우주는 어떠한 계획도 없고 목적도 없으며 선이나 악도 존재하지 않는다. 우주는 모든 것에 무관심한 채 주어진 법칙에 따라 운영되고 있을 뿐이다.' 세상에, 내가 이 문장을 아주 달달 외웠네요. 아무튼 말하자면 모든 건 다 우연이라는 거지요. 우리가 여기에 있어야 할 이유 같은 건 없다는 거지요. 그냥 여기가 이렇게 생겨먹은 바람에 이렇게 생겨먹은 우리가 여기에 생겨났을 뿐이라는 거지요.

그러니까, 아저씨. 그날 만일 주사위가 다르게 던져져서 사고가 나지 않았다면 나는 훨씬 더 행복할 수 있었을까요? 나는 아저씨를 걱정시키지 않는 딸로 자라날 수 있었을까요? 그러면 민혁이라는 남자를 만나지 않게 되었을까요? 그런 건 상상하고 싶지도 않아요. 아무 의미도 없는 상상이잖아요. 게다가 그러면 우리 수온이가 태어나지 못했을 테니까요. 다시 산다고 해도 나는 우리 수온이를 태어나지 못하게 하는 어떤 선택도 하지 않을 거니까요. 그러려면 나는 다시 태어나도 다시 민혁이라는 남자를 사랑해야 하잖아요. 또 미친 듯이, 또 온 마음으로, 내 운명을 다 바쳐서 사랑해야 하는 거잖아요. 사랑이란건, 그런 거잖아요.

천문대가 돌아온 건 한 시간쯤 후였다. 차가 들어오는 소리가 들렸고, 천문대가 내리는 게 보였다. 세차장이라도 다녀온 것처럼 말끔한 차체가 햇살을 받아 반짝였다. 세차를 했더라도 시골길의 군데군데 진흙탕을 피하기는 어려웠을 것이다. 천문대가 물끄러미 바퀴 쪽을 내려다보고 있었다. 그러는 동안 미라가 천문대 곁으로 다가갔다. 차 안에는 아무것도 없었다.

　"어떻게 했어요?"

　미라가 물었고, 천문대는 미라를 쳐다보지도 않은 채 대답했다.

　"길에다 내려주고 왔다. 오는 길에 세차도 했고. 세차를 했는데 금방 이 모양이구나."

　지금 문제는 세차를 한 차에 튄 흙 자국뿐이라는 듯 천문대가 말했고, 미라가 물었다.

　"살았어요?"

　천문대가 미라를 바라봤다. 그 눈이 깊었다. 아주아주 깊어 무엇이든지 빨아들일 것 같은 눈빛이었는데…… 아, 그렇지, 블랙홀! 다음번엔 아저씨한테 블랙홀 이야기를 해주면 좋겠구나! 미라가 그런 생각을 하는 동안 천문대가 말했다. 전에도 했던 말이었다. 토씨 하나 틀리지 않고 정확하게.

"나는 정말이지…… 네가 너무 걱정이 되는구나."

걱정하지 마세요, 아저씨. 사람을 죽이는 게 취미가 되는 사람은 없어요. 내가 뭐 사이코패스도 아니고. 그런 건 타고나야 하는 거지 그냥 되는 게 아니거든요. 되고 싶어서 된다고 한들 내가 그런 게 되고 싶을 리가 없잖아요. 사람을 죽이는 게 얼마나 힘든 일인데요. 그건 진짜 지독하게 힘든 노동이잖아요. 정말 온몸의 마지막 남은 한 방울까지 다 짜내는 노동이라고요. 더럽긴 또 얼마나 더러운지. 구역질이 나고 토가 나올 지경이잖아요. 그런데 무슨 보상도 없어. 돈 주는 데도 없어. 보상도 없는 일이 그냥 끔찍하게 더럽고 죽어라고 힘들기만 해. 머리는 또 얼마나 굴려야 하는지 머리가 빠개질 지경이다 못해 눈알이 튀어나올 지경이잖아. 그러니까 내 말은, 아저씨, 그런 걸 취미로 삼을 사람이 어디 있겠냐는 거지요, 걱정하지 마시라는 거지요.

최윤재에 대해서 말하자면 미라는 그를 죽일 생각이 없었다. 결코 없었다고 말할 수 있다. 그런 수고를 할 만한 가치도 없어 보였기 때문이다. 인사불성이 되어 쓰러져 있던 그의 머리를 발길질한 건 살의가 아니라 염증 때문이었다. 그러고 나서는 쓰레기를 치우듯이 그걸 눈앞에서 치워버리고 싶었던 것인데, 쓰레기란 건 항상 처리의 문제가 남아서, 그래서 그걸 가져왔을 뿐이었다. 뭘 어쩌겠다는 생각이 아니었다.

그러나, 혹시 모를 일이기는 하다. 아무 생각도 없이 그걸 가져와도 천문대가 알아서 처리를 해줄 거라고 믿었던 것인지는.

미안해요, 아저씨. 내가 혹시 그렇게 생각을 했다고 하더라도 그건 의도적인 건 아니었을 거예요. 그냥 아저씨를 믿었을 뿐이에요. 내가 수온이를 생각하듯 아저씨가 나를 그렇게 생각해줄 거라고 믿었어요. 아저씨가 어떤 다른 선택을 할 기회가 있더라도 나를 위험하게 만드는 선택은 하지 않으리라는 걸 알고 있었어요. 그러니 정당방

위라느니 자수라느니 그런 말은 제발 하지 마세요. 그러면 여기 우리 집, 나의 집, 미라펜션은 어떻게 되겠어요.

8

그날 점심때가 되기도 전에, 미라가 난데없이 김밥을 싸기 시작했다. 김밥을 싼 후에는 아이가 좋아하는 샌드위치를 만들고, 과일도 깎고, 음료수와 찬 보리차와 생수도 챙겼다. 천문대는 미라가 도시락 가방을 들고 아이와 함께 밖으로 나올 때까지 잔디밭에 엎드린 듯이, 아니 엎어진 듯한 자세로 앉아 잡초를 뽑고 있었다. 7월 한낮의 햇살이 쩽한 정도가 아니라 지글지글 끓는 듯했다. 모자도 쓰지 않고 잔디밭에 엎드려 있는 천문대의 목덜미가 햇살에 익어 새빨갰다. 곧 수포가 생길 것이다.

"소풍 가요, 아저씨!"

미라가 소리를 질렀고, 천문대가 앉은 자리에서 미라를 돌아보았다. 햇살 때문에 표정도 눈빛도 보이지 않았다. 미라가 다시 한 번 명랑하게 소리쳤다.

"손 씻고 오세요. 우리 소풍 가게!"

투숙 손님도 예약 손님도 없는 평일이었다. 장마 소식이 있은 이후로는 늘 이랬다. 곧 태풍이 올 거라는 예보까지 있었으므로 한동안은 손님이 더 없을 것이지만, 펜션에는 또 예기치 못했던 여러 가지 문제들이 생길 것이다. 그러니 햇살이 좋은 날, 하루쯤 찬란하게 쉬어두어도 좋을 것이다. 장마에 젖고 태풍에 휘둘릴 몸을 미리 하루쯤 뽀송뽀송 말려두고 싶은 기분이라고 해도 좋았다.

천문대는 금방 움직이지 않았다. 미라가 차에 올라타 경적을 몇 번 울린 후에야 잔디밭 옆 수돗가로 가서 손을 씻고, 그 손을 바지에 문질러 닦은 후 차로 왔다. 바지에는 여전히 풀과 흙이 잔뜩 묻어 있었다. 천문대는 뒷좌석으로 먼저 가 아이를 살피고, 그러는 동안 자신을 바라보지도 않

는 아이의 머리를 한 번 쓰다듬고, 그러고 나서야
바지를 턴 후 조수석에 올라탔다. 어디로 가는 거
냐고 묻지도 않았다. 미라가 시동을 켰다.

　운전을 배운 후 미라는 천문대에게 핸들을 양
보하는 경우가 거의 없었다. 운전을 하는 재미에
푹 빠져 있었던 것이다. 시골에는 좁고 가파른 길
이 많았고 멀쩡하던 길이 느닷없이 막다른 길로
나타나는 경우도 많았다. 좁은 길을 아슬아슬 통
과할 때, 혹은 그 좁은 길을 후진을 해서 돌아 나
올 때, 미라의 미간이 좁아졌다가 활짝 펴지곤 했
다. 열네 살 때의 고집스럽던 얼굴이 그때마다 햇
살처럼 되살아났다. 천문대는 그런 미라의 얼굴
이 보기 좋았다.

　미라에게 운전 연습을 시켜준 사람이 천문대
였다. 펜션을 짓는 동안 시간이 날 때마다 천문대
의 털털거리는 낡은 차를 타고 미라는 천문대와
함께 운전 연습을 했다. 그러는 동안 둘의 상처에
동시에 굳은살 같은 게 생겨났다. 그녀는 천문대
에게 엄마 이야기를 할 수 있게 되었고, 엄마 이
야기를 하면서 웃을 수도 있게 되었다. 천문대도

마찬가지였다. 미라가 엄마 이야기를 꺼내기만 해도 죽은 사람처럼 창백해지고, 시체처럼 쓸쓸 해지던 천문대의 얼굴에 차츰 미소가 번지기 시작했다. 그리운 사람을 이제 더는 통곡하는 마음 없이 그리워해도 되는 걸까를 궁금해하는 사람의 조심스럽던 미소가 점점 더 환해져갔다. 미라를 다시 만나게 된 우연은 천문대에게는 축복이었던 것이 분명했다. 그리운 사람을 마음껏 그리워할 수 있게 되었다는 것만으로도 그에게는 그 시간 들이 그 어떤 일에도 불구하고 행복이었다.

그러나 이제 와서 천문대는 스스로에게 묻지 않을 수 없었다. 그 우연한 만남이 없었더라도 미라는 똑같은 선택을 하게 되었을까? 그를 만나지 않았더라도 미라는 펜션을 지었을 것이다. 그건 틀림없었다. 그가 없었더라도 미라는 정명주라는 여자를 호수로 떠밀었을 것이다. 그러나 그것 역시 틀림없는 일이었을까. 그는 대답할 수 없었다.

미라는 차를 산 쪽으로 몰고 있었다. 구불구 불하고 경사가 심한 험로였다. 그러나 미라의 운전 솜씨가 생각보다 괜찮았다. 커브마다 부드럽게 회전을 했고, 그때마다 속도 조절도 능숙했다. 미라의 엄마를 죽게 한 사고가 있던 날, 그는 부드럽게 운전하지 못했었다. 그는 사실 그때 초보 운전에 가까웠고, 운전을 할 기회도 자주 없었다. 그리고 심하게 들떠 있었다. 차가 급한 커브를 회전할 때마다 미라의 엄마가 어지러워했는데, 어지러워하는 그 여자보다 그의 마음이 더 울렁거렸었다. 그는 그 여자의 뺨을 만져주고 싶었다. 뒷자리에 미라가 있다는 생각이 뒤늦게 들어 손을 반쯤만 가져갔다가 되가져와야 했었는데, 그 여자의 뺨을 만지기도 전에 자신의 얼굴이 화끈화끈하던 기억이 났다. 부끄러움 때문이 아니라 기쁨 때문이었다. 그는 자신의 여자와 이제 곧 자신의 딸이 될 아이에게 국내 최대의 천체망원경을 보게 해줄 참이었다. 당시만 해도 그 망원경은 연구자들만이 접근할 수 있던 것이어서 그는 그날을 위해 여러 사람에게 허리를 굽실거리며 부탁을 해야만 했었다.

그날 그는 마주 오는 차를 피하지 못했다. 마주 오던 차의 잘못만은 아니었다. 그가 조금이라도 더 능숙한 운전자였다면, 조금이라도 더 차분한 상태였다면 충분히 피할 수 있었을 것이다. 그러므로, 결론적으로, 모든 건 그의 잘못이었다. 한 여자를 죽게 하고, 한 아이를 고아로 만들어버렸다. 한 여자는 그가 알 수 없는 세계로 떠나버렸고, 한 아이는 그가 알 수 없는 그 아이만의 세계를 만들었다. 미라가 아무리 말해주어도, 천 번을 말해주어도 그로서는 이해할 수가 없는 광년의 거리나, 초신성의 폭발이나, 블랙홀과 웜홀이나, 초끈이론이나 엠이론, 기타 등등, 그런 빌어먹을, 이해할 수 없는, 이해하고 싶지도 않은 말들처럼 이해할 수가 없는 미라 개인의 역사가 있었다. 그는 어떻게 해도 그들이 서로 떨어져 지냈던 그 시간의 미라에게로는 완전히 다가갈 수 없을 것이었다.

그날, 미라가 그 여자를 호수로 떠미는 것을 보았을 때 그가 얼마나 놀랐을지는 하느님만이 아실 일이다. 펜션에서 호수로 가는 지름길에서였다. 미라의 시댁 식구들이 내려와 있었으므로 펜션에 머물고 있기가 어색했던 그는 호수로 내려가고 있는 중이었다. 미라의 시누이가 사라져 한 바탕 호수 주변을 뒤지고 다니는 동안 지름길이 생각보다 더 위험하다는 것을 알았고, 그래서 그 길을 다시 한 번 점검해볼 생각이었다.

처음에는 두 여자가 두런거리는 소리를 들었다. 얘기를 나누며 산책을 하는 중인 모양이라고 생각했고, 길이 많이 위험하다고 일러줄 작정이었다. 잠시 후 미라의 목소리가 들렸다. 죽는다면서요, 내가 죽을 자리를 알려준다잖아요. 미라가 하는 말이 또렷이 들렸는데도 그 말이 무슨 말인지 이해할 수가 없었다. 또 한 여자의 웃음소리가 들렸다. 그 웃음소리 때문이 저들이 농담을 하고 있나 싶었다. 그런데 농담이 저렇게 모질어도 되는 것일까. 여자가 말하기 시작했다. 너 나 죽이고 싶구나. 그렇지? 죽여 없애고 싶지? 근데 너 그거 아무나 할 수 있는 일인 줄 아니?

그 후, 무언가 굴러떨어지는 소리가 들리고, 또 무언가 육중한 것이 첨벙 물에 빠지는 소리가 들리고, 잠시 후 물에 빠져 허우적거리는 소리가 사람의 소리라는 것을 알았을 때, 그는 그저 놀란 채 그 자리에 잠시 멈춰 서 있었다. 충격이라 할 만한 느낌은 똑딱 똑딱 똑딱, 몇 초 뒤쯤에야 다가왔다. 그는 자신이 방금 전에 본 것을 믿을 수가 없었는데, 믿을 수가 없어서 무언가가 굴러 떨어지는 소리부터 들었다고 생각했으나, 실은 미라가 가파른 비탈에서 그 여자의 가슴을 떠미는 것부터 보았다는 것을 잘 알고 있었다. 한순간에, 세상이라도 끝장낼 것 같은 단호한 결의로 단 한 번에, 단 한 방에 미라가 그 여자를 밀어버렸다.

충격은 간격을 두고 다가왔으나 오자마자 마치 세상 모든 전기에 감전을 당한 것과 같은 느낌이었다. 직업적인 이유로 그는 살면서 몇 번이나 감전을 당할 뻔하거나 당한 적이 있었는데, 그것은 온몸이 순간적으로 몸이 아닌 무언가로 전이되는 느낌과 같았다. 말하자면 발화, 그리고 순식간의 연소. 그는 당장 호수로 뛰어들어 그 여자를 구할 작정이었다. 당시로서는 누군지도 알지 못했던 그 여자의 목숨을 구해야 했기 때문이 아니라 미라를 구해줘야만 했기 때문이다. 저

여자가 죽으면 미라도 죽는다, 아니 미라가 죽는
다……. 그건 생각이라기보다는 본능이었다. 그
는 달려갔고, 그리고 뛰어들 작정이었다. 미라가
그의 허리에 매달렸을 때, 그의 몸 절반쯤은 허공
에 있었다. 허공을 날고 있는 그와 도약하지 못한
그……. 절반의 그와 절반의 그 사이에 미라가 있
었다.

놔둬요, 놔두라고요, 죽게 놔둬요, 유서도 있단
말이에요, 죽게 놔둬요, 제발 죽게 놔둬요, 아저
씨! 아저씨이이이!

협박을 했다고 했다. 나중에 들은 얘기였다. 한
번에 다 듣지 못하고, 조금씩 조금씩. 미라는 왜
협박을 당해야 했는지. 죽은 그 여자는 왜 스스로
쓴 유서를 들고 미라를 찾아왔는지. 당신 마음만
행복하면 그건 반칙이잖아요. 그러니까 우리 다
같이 불행해지기로 해요. 그 여자가 했다는 말은
아무래도 미라가 꾸며낸 말은 아니었는지. 그리
고 미라가 왜 그렇게 폭발하듯이, '초신성이 터지

는 것처럼' 분노에 찼는지. 그 모든 건 다 나중에 들은 말이었고, 나중에 든 의문이었다.

그러니까 그 순간에는, 그러니까 적어도 그 순간에는 그 여자를 구해야 했을 것이다. 물론 그는 모르지 않았다. 그는 그 여자를 어떻게 해도 구할 수 없었을 것이다. 미라가 그의 허리에 매달리지 않았다고 하더라도 그는 그 가파른 비탈에서 뛰어내려 단 한 번에 호수로 뛰어들지는 못했을 것이다. 기껏해야 그 여자처럼 굴러떨어지다가 바위에 머리를 부딪고, 그 머리가 깨지고, 그리고 물에 빠져서는 서서히 숨을 멈췄을 것이다. 그러니, 그 여자가 다시 살아나나, 아주 죽나 그 밤을 새워 지켜보는 것 말고 무엇을 할 수 있었겠는가. 그리고 나서는 그 여자의 손가방을 거기에다 갖다놓는 것 말고 또 무엇을 할 수 있었겠는가. 그 와중에도 지문을 지웠을까. 자신의 지문이 남는 게 무서워서가 아니라 미라의 지문이 묻었을까 걱정하지 않았을까.

그는 늙은 남자였다. 미라를 다시 만나 둘이서 같이 펜션을 짓는 동안의 세월이 너무 찬란해 깜빡 잊고 있던 사실이었을 뿐, 그는 늙어도 아주 많이 늙은 남자였다. 오래전에 그의 인생에서 단한 사람이었던 여자가 사라진 후, 그에게 남은 일이 늙는 것밖에는 없었다. 빨리 늙어 빨리 죽는 것. 그 여자를 죽게 하고, 그 여자의 딸을 고아가되게 한 자신의 죄를 갚는 것. 그랬음에도, 빨리 늙어 빨리 죽고 싶은 열망 속에는 그 여자에 대한 그리움이 야비한 욕망처럼 자리하고 있었다는 걸부정할 수 없다. 그는 빨리 늙어 빨리 죽고 싶었고, 빨리 죽어 빨리 그 여자를 다시 만나고 싶었다.

그는 어렵지 않은 집안에서 태어나 보통의 대학을 나와 엔지니어가 되었다. 평범한 성장 과정이었고 평범한 청년 시절이었으나 무슨 까닭에서인지 사람을 사귀는 일에는 장애라 할 만큼 무능했다. 남자에게든 여자에게든 그랬다. 심지어는부모와 형제들과도 그랬다. 천문대 아래 시골 마을에서 만난 애 딸린 과부 낚시꾼은 그를 긴장시키지 않은 유일한 여자였다. 아니 그나마 덜 긴장시킨 여자라고 해두자. 그냥 입 닥치고 앉아 한나

절씩 낚싯대만 바라보고 있으면 남아 있던 긴장마저 사라져버렸다. 그러고 나서는 세상의 온갖 꿈이 피어나고, 온갖 약속이 생겨나고, 온갖 희망이 생겨났다. 한마디도 안 하고 입 닥치고 앉아 낚싯대만 바라보고 있는데도 그랬다.

그는 다시는 그런 여자를 만날 수 없었다. 실은 만날 생각조차 하지 않았다. 빨리 늙어 빨리 죽어 그 여자를 다시 만날 수 있기만을 바랄 뿐이었는데, 미라를 만난 후에는 또 하나의 소망이 생겼다. 늙어 죽어 그 여자를 만나게 된다면 그 여자에게 이제 할 말이 생긴 것 같았기 때문이었다. 내가 당신 딸, 당신 손주하고 한 시절을 보내고 왔네. 그렇게 말하는 순간을 떠올리면 그의 온몸에 따듯한 물이 차오르는 것 같았다. 그사이에 어떤 일들이 있었다고 하더라도 '미라펜션'에서의 나날들은 그에게는 행복이었다.

"아저씨, 나 오늘 천문대 처음 가보는 거라는 거 알아요?"

미라가 물었을 때, 천문대는 속으로만 그렇구나, 대답했다. 아마도 오늘은 특별한 날인가 보구나, 그런 생각도 했다. 무엇 때문에 오늘이 특별한 날인지 물어보고 싶다는 생각은 들지 않았다. 그는 단지 뒷좌석을 한 번 돌아보았을 뿐인데, 창밖의 풍경에 몰두하고 있는 아이의 옆모습이 그에게 안정감을 주었다. 자신도 모르는 사이 그의 얼굴에 미소가 번졌다.

천문대에게 말한 것처럼 미라는 그날까지 한 번도 산꼭대기까지 올라가본 적이 없었다. 걸어서든, 운전을 해서든. 왜 그랬을까. 천문대에 갈 기회는 얼마든지 많았다. 동네 목욕탕 갈 기회만큼이나 많았다는 소리다. 그러나 동네 목욕탕처럼 가지 않아도 될 핑계가 생기거나 마침 갈 수가 없게 되는 번거로운 이유들이 생겼었다. 굳이 상처 때문이었다고 말할 필요는 없을 것이다. 처음에는 그렇기도 했겠지만 나중에는 바빠서였고, 그 후에는 어쩌다 보니 그렇게 되었다고 말하는 게 맞을 것이다. 어떤 일에나 이유가 필요한 것은 아니니까. 세상의 대부분 일은 어쩌다 보니 그렇게 되는 것이니까.

펜션 손님들이 천문대에 대해서 물을 때마다 미라는 천문대라면 천 번쯤은 다녀온 사람처럼 그곳을 소개하곤 했다. 철마다 어디가 어떻게 무엇이 아름다운지, 어느 곳에 무슨 얘기가 숨어 있는지, 어디서 사진을 찍어야 제일 경치가 아름답게 나오는지. 그러는 동안 자신은 정말로 그곳에 가보았다는 생각이 들었고, 그것도 아주 오래전의 그날, 엄마와 천문대와 함께 실은 그곳에까지 이르렀었다는 생각이 들기까지 했다. 엄마와 미라와 천문대 아저씨. 한 시절의 꿈, 행복하고 따듯했던, 벚꽃이 난분분하게 흩날리던 날의 꿈.

미라는 룸미러로 뒷좌석의 아이를 보았다. 오래전의 자신처럼 아이는 창밖의 풍경에 몰두하고 있었다. 아이는 완벽하게 평화로워 보였고, 완전하게 예뻤다. 살아오는 동안 자신은 단 한 번도 그렇게 완벽한 순간에 이르러본 적이 없었다는 생각이 들었다. 아이는 때때로, 아니 아주 자주 세상의 누구보다 완벽했다. 그런 아이에게 문제가 있다고는 결코 생각할 수 없었다. 아이는 단지 아직 뭔가를 결정하지 못하고 있을 뿐이었다.

활달한 아이가 되어야 할지, 조용한 아이가 되어야 할지, 사회적인 아이가 되어야 할지, 내성적인 아이가 되어야 할지, 그런 걸 신중하게 고려하고 있을 뿐이다. 누군가는 그런 걸 먼저 결정한 후에야 성장을 시작하는 아이도 있을 수 있는 것이다. 아이는 다만 신중할 뿐이고, 미리 판단해야 할 게 너무나 많은 것뿐이라고 미라는 생각했다. 아이는 어쩌면 어느 날 문득, 결정할지도 모른다. 나는 그냥 평범한 아이가 되어야겠어. 그리고 아이는 그렇게 될 것이다. 자신의 소망대로.

그러므로 엄마인 자신이 해야 할 일은 아이가 결정을 내릴 때까지 조용히 기다려주는 것이라고 미라는 생각했다. 그렇게 기다리는 일이 평생을 간다고 해도 상관없었다. 아이를 병원에 데려가 끝도 없는 검사를 받게 하고, 특수 시설을 알아보고, 아이의 얼굴을 두 손으로 붙잡은 채 눈을 마주 보라고 애원을 하다가 소리를 지르고, 그러다가 울음을 터뜨리는 것과 같은 그런 일은 결코 하지 않을 것이다. 그녀는 얼마든지 기다릴 수 있었다. 아이가 바라보는 곳을 같이 바라보며 조용히,

얼마든지.

다행히 천문대가 있었다. 천문대만큼 아이에게 괜찮은 파트너는 없었다. 세상의 그 누구도 천문대만큼 아이에게 집중해줄 수 있는 사람은 없을 것이다. 자신에게 집중하는 사람에게 집중하는 것은 어려운 일이 아니겠지만, 자신에게 조금도 집중하지 않는 사람을 한없이 바라보고 있는 것은 결코 쉬운 일이 아니었다. 엄마인 그녀에게조차도 때때로 그건 쉬운 일이 아니었다. 그러나 천문대는 그런 일을 얼마든지 했다. 한마디 말도 없이 한 시간 두 시간, 때로는 세 시간 네 시간씩, 누구도 알 수 없는 무엇인가에 집중하고 있는 아이에게 똑같이 집중했다. 때때로 둘은 동시에 미소를 지었다. 서로 바라보며 짓는 미소가 아니라 서로 다른 곳을 바라보며 동시에 짓는 미소는, 그러나 공감으로 가득 찬 것처럼 보였다.

그러니까 오늘 같은 날은 민혁이 없어도 좋았다. 아니 없는 게 더 좋았다. 그녀가 천체망원경 아래에 누워 한밤중까지 잠들어 있더라도, 그러다가 쏟아질 것 같은 별의 무게에 놀라 깨어나더라도 천문대와 아이는 그녀의 잠을 방해하지 않은 채 옆에 있을 것이다. 어쩌면 지켜주기도 할 것이다. 나쁜 꿈은 꾸지 않게. 절대로 그 어떤 나쁜 꿈도 꾸지 않게. 천문대에 도착했을 때, 그러나 미라는 정작 안으로 들어가기보다는 둥근 돔이 바라보이는 바깥쪽 정원에만 앉아 있으려고 들었다. 미라가 벤치에 앉아 물끄러미 돔을 바라보고 있는 동안 천문대 혼자 아이를 데리고 안으로 들어갔다. 둘은 한참 동안이나 나오지 않았다. 고개가 꺾어지도록 돔만 바라보고 있던 미라는 어느 순간 환영처럼 차 안에 있었다. 천문대가 운전을 하고 있고, 엄마가 그 옆에 앉아 있었다. 어지러워하는 엄마, 엄마의 뺨에 손을 가져다 대려다 말고 수줍어하는 천문대, 그리고 갑자기 얼굴 위로 쏟아져 내리는 것 같던 돔…… 그 돔에 아이가 걸터앉아 있었다. 잠시 후에는 천문대도 그 옆에 있었고, 또 잠시 후에는 엄마도 거기에 있었다. 대낮에 별들이 찬란했다. 맙소사…… 초신성들이 폭발을 하고, 불꽃들이 온 하늘을 덮었다.

잠에서 깨었을 때는 여전히 한낮이었다. 미라는 천문대가 차의 트렁크를 열고 그 안을 들여다보고 있는 것을 보았다. 뭔가를 찾고 있는 것도 같고, 그 안의 뭔가를 궁금해하고 있는 것 같기도 한 모습이었다. 트렁크에는 많은 것들이 들어 있었다. 공구 상자가 있고, 실어놓은 채 꺼내지 않은 대형 포장 숯이 있고, 서울에 올라갈 때 사놓고 아직 꺼내지 않은 배추와 열무와 대파도 있고, 이장이 준 살충제도 있었다. 그러나 시체 같은 건 없었다. 그러니까 더는 묻을 만한 것이 없다는 소리다. 그런 생각을 하며 미라는 자신이 생각해낸 농담이 웃기다는 듯 홀로 미소를 지었다. 그때 천문대가 트렁크를 닫았다. 손에 트렁크에서 꺼낸 깔개가 보였다. 생수도 두어 병 꺼낸 모양이었다. 뒷좌석에 두었던 도시락까지 꺼낸 천문대가 미라에게로 다가왔다. 아이는 보이지 않았다. 걱정이 되지는 않았다. 천문대가 아이를 안전하지 않은 곳에 둘 리는 없을 터이니 아마도 실내에서 아는 사람을 만났거나 놀이 프로그램 같은 곳에 두었을 것이다.

천문대는 깔개를 가지고 오다가 미라가 졸음에서 깬 것을 봤다. 그는 잔디밭 한쪽, 그늘이 좋은 곳에 깔개를 깔았다. 도시락도 놓고, 물병도 가지런히 놓았다. 미라가 그쪽으로 자리를 옮겼다. 깔개에 누우니 돔이 더 잘 보였다.

"아저씨, 그날요."

미라가 누운 채로 말했다.

"저 돔을 봤어요. 돔이 바로 내 위에 있는 것 같더라고요. 나는 저 안으로 빨려 들어가는 것 같았고요. 그런데 저기 벤치에서 잠깐 조는데, 그 돔이 또 보이는 거예요. 그런데 그게 돔이 아니라…… 아무튼요, 꿈에요, 아저씨도 있고 엄마도 있고 우리 수온이도 있고…….."

천문대가 그때 갑자기 미라의 옷깃을 잡았다. 손목을 잡듯이. 미라가 의아하게 천문대를 바라보았을 때 그의 얼굴이 이해할 수 없게 필사적이었다. 미라는 겁을 먹었다. 천문대가 뭔가 얘기를 하려는 것이다. 그것도 결정적인. 미라야, 나는 네가 정말 걱정이 되는구나, 같은. 그러고 나서 또 말하려고 들겠지. 정당방위, 자수…… 기타 등등. 그러나 정명주는 유서를 남겼다. 아예 죽으려고 여길 내려온 거라고 했다. 거짓말이든 협박이든, 어쨌든 정명주가 스스로 한 말이었다. 그러니 대체 뭘 자수하란 말인가. 송중호는 그녀의 목을 조르려고 했다. 그녀를 죽이려고 했던 것이다. 그런데 뭘 자수하란 말인가. 천문대가 삽으로 두 번 내리친 송중호를, 그 꿈틀거리는 벌레를 미라가 한 번 더 내리쳤었다. 묻을 때 꿈틀거리는 걸 또 한 번 더 내리친 것도 미라였다. 다행히 그때는 천문대의 허리에 매달리지 않아도 됐었다. 놔둬요, 아저씨, 놔두라고요. 그냥 묻어버려요. 그냥 묻어버리자고요, 그렇게 말하지 않아도 됐었다. 누구나 처음이 어렵다. 세 번째부터는 껌이지만 두 번째부터 껌이 되는 사람도 있다. 천문대는 이미 첫 번째부터 미라를 말릴 수 없다는 걸 알았을 것이다.

"내가 암이다."

"네?"

너무 뜻밖의 말이라 미라는 놀랄 겨를도 없이, 응? 뭐? 묻듯이 물었다.

"위암 말기란다. 얼마 못 산단다."

"누가 그래요?"

"누가 그러겠니. 의사가 그러지."

"어떤 의사가 그래요?"

"그게 중요하니? 읍내 병원 의사가 그랬다."

"읍내에 무슨 병원이 있다고 그래요? 엑스레이 기계도 없는 그 내과 말하는 거예요?"

"암은 엑스레이로 찍는 거 아니다."

"엑스레이든 엠알아이든, 뭐든요! 말도 안 되게 난데없이 뭐가 말기래요?"

"간암이라는 게 원래……"

"위암이라면서요?"

"그래, 그게 전이됐단다."

"어디로요?"

"여기서 저기로 그러니까 간이랑 폐랑…… 아무튼 여기저기. 그런데, 그게 중요하니?"

"아저씨!"

마침내 천문대는 입을 다물었다. 그러나 여전히 필사적인 얼굴이었다. 그렇게 필사적이지 않았다면 두 마디도 말을 하지 않았을 사람이었다.

그런데 그런 사람이 그렇게 내뱉듯이 엄청난 말들을 해놓고 나서는 이제 더는 한마디도 하지 않을 태세로 입을 꽉 다물고 있었다.

"아저씨."

미라가 다시 천문대를 불렀다. 천문대는 대답하지 않았다.

"도대체 왜 이러시는 거예요!"

미라가 혼자 천문대의 무릎에 엎어져 울기 시작했다. 천문대는 여전히 아무 말도 하지 않았다. 우는 미라의 머리를 아빠처럼 쓰다듬어준다거나 하지도 않았다. 그는 동상처럼 앉아 자신의 무릎에 엎어져 울고 있는 미라의 몸을 전 우주의 무게처럼 견디고 있을 뿐이었다.

그런데 초신성이라고 했나. 그 초신성이 폭발을 할 때, 전 우주가 밝아진다고 했나. 아닌가. 그는 천문대에서 수십 년을 근무했다. 대부분의 시간을 설비실에서 보냈고 나이 든 후에는 바깥 꽃밭에만 있었지만, 그래도 수십 년을 근무하다 보면 친한 얼굴들이 생겼고, 그 친한 사람들이 일부러 그를 불러 천체망원경을 보게 해줄 때가 있었다. 그는 그 천체망원경으로 혜성이 지나가는 걸 봤고, 그랬다, 초신성이 폭발하는 것도 보았다. 그러니 그가 미라처럼 말을 잘할 수 있었다면 그 장면이 어땠는지 말해줄 수 있었을 것이다.

그 찬란한 장면을, 말해줄 수 있었을 것이다. 우리나라에서 제일 큰 천체망원경으로 본 별들의 모습이 어땠는지…… 초신성……, 그 찬란한 폭발은 어땠는지, 말해줄 수 있었을 것이다. 그러나 지금, 그를 슬프게 하는 것은, 그에게는 지금, 할 수 있는 말이 아무것도 없다는 것이었다.

그러므로, 글로 쓴다. 유서. 그 모든 일은 내가 저지른 것이오. 그들을 죽인 것은 나요. 전부 나 혼자 한 일이오. 그 책임을 죽음으로 지겠소.

민혁은 그날 오전 경찰에게서 전화를 받았다. 송중호와 아는 사이인가를 묻는 전화였다. 민혁이 대답하기도 전에 경찰이 다시 물었다. 근래에 그를 만난 적이 있느냐는 것이었다. 근래라는 게 언제를 말하는 것인지는 모르지만, 송중호를 아주 오래 만나지 않았다는 것만큼은 분명하게 말할 수 있었다. 심지어 민혁은 송중호가 지금도 수감 중이라고 알고 있었다. 송중호는 언제나 그랬다. 수감 중이거나 이제 곧 그렇게 될 참이거나. 아니면 그렇게 될 일을 저지르고 있거나. 그런 일들로 너무 바쁜 나머지 송중호에게는 민혁을 만날 틈도 없었다. 민혁을 찾아오는 건 늘 정명주였고, 정명주가 늘 송중호의 메시지를 전했다.

까불지 마, 꼼짝하지 마, 거기 있어.

그런데 그 송중호가 남긴 메모에 미라펜션의 주소가 있었다는 것이고, 그 미라펜션은 송중호의 동거인인 정명주가 자살을 하기 직전 묵었던 곳인데, 그 미라펜션의 주인인 미라는 정명주와 아는 사이인 민혁의 아내가 주인인 곳이더라고, 경찰이 말했을 때 민혁은 그야말로 비틀, 했다. 그때 민혁은 근무 중이었다. 근무 중이라서 처음 전화가 걸려왔을 때는 모르는 번호의 전화를 받지 않았다. 경찰인데 통화를 바란다는 문자가 왔을 때, 그 문자가 결코 무례하지 않았음에도 그는 욕설을 듣는 듯한 기분이 들었다. 전화 받아, 새꺄.

처음에는 지진이 난 줄 알았다. 나중에야 자신이 온몸을 떨고 있다는 걸 알았다. 괜찮아, 괜찮아, 괜찮아. 그는 떨리는 몸을 자신의 팔로 움켜쥐고 말했다. 다 지났어. 다 끝났잖아. 어떤 식으로 밝혀진다고 하더라도, 2000년 8월 1일 전 거는 다 땡이라고 했어. 그러니까 괜찮아, 괜찮아, 괜찮아. 그는 경찰의 전화가 김주열에 관한 것일 거라고 믿었던 것이다. 그런데 받아보니, 송중호에 관한 것이었다. 뜻밖에 김주열이 아니라 송중호라고 하더라도, 그러나 달라진 건 아무것도 없었다. 그는 여전히 떨고 있었고, 아니 어쩌면 더 떨기 시작한 것 같기도 했다. 미라야, 회사 복도에서 그는 혼자 미라의 이름을 불렀다. 잠시 후, 전화를 걸어서도 마찬가지였다. 미라야, 불러놓고 아무 말도 할 수 없었다. 그가 세 번째 미라의 이름을 불렀을 때, 미라가 전화를 끊었다. 그리고 다시는 받지 않았다. 그는 그대로 엘리베이터를 타고 지하 3층 주차장으로 내려가 차에 올라탔다.

길은 언제나처럼 막혔다. 고속도로로 진입할

때까지 한 시간 반이 걸렸고, 고속도로로 들어간 후에는 두 시간이 걸렸다. 그리고 다시 국도였다. 그는 한 번도 쉬지 않고 차를 몰았다. 처음으로 차를 세운 게 국도로 들어서 얼마 지나지 않은 곳에 있던 버스 정류장에서였다. 정류장에 정차를 한 버스 때문에 잠시 브레이크를 밟고 있던 민혁의 눈에 낯익은 무언가가 보였다. 길 건너였다. 그곳에도 역시 버스 정류장이 있었는데, 그곳에 무언가가 있었다.

이해할 수 없는 낯익음이었다. 버스가 움직였고 그도 다시 차를 몰기 시작했다. 그러나 곧 유턴을 해서 다시 그곳으로 돌아오지 않을 수 없었다. 한적한 국도의 한적한 버스 정류장에 남자 하나가 앉아 있었다. 그 남자를 자세히 보기 위해서 조수석의 차창을 내리지 않을 수 없었다. 남자의 시선이 천천히 그에게로 향했다. 그러고는 뭐라고 말을 하는 것 같았는데 잘 들리지가 않는 목소리였다. 민혁은 아예 기어를 파킹으로 옮기고 몸을 조수석 쪽으로 기울였다. 남자의 목소리가 들리기 시작했다.

"안녕하세요."

민혁은 듣고만 있었다.

"나는 최윤재입니다."

여전히 민혁은 듣고만 있었다.

"안녕하세요. 좋은 아침입니다. 머리가 아프군요."

민혁은 듣고만 있었다. 최윤재의 귀를 덮은 머리카락, 그 아래쪽의 말라붙은 핏자국은 차를 세우고 차창을 열었을 때, 이미 봤었다. 잠시 후에는 그의 왼쪽 부풀어 오른 눈과 피멍도 볼 수 있었다. 귀 쪽의 상처는 긁힌 정도가 아니라 꽤 심각하다는 것도 알 수 있었다.

"안녕하세요. 나는 최윤재입니다. 머리가 아프군요."

무슨 말인가를 하려는 듯 민혁의 입매가 씰룩했다. 그러나 최윤재가 먼저 말했다. 장난감 로봇처럼 명랑하게, 단조롭게, 농담을 하듯.

"머리가 아프군요. 병원에 가야 할 거 같습니다. 안녕하세요. 나는 아무 짓도 하지 않았습니다. 아무 짓도 하지 않았다는 걸 나는 절대로 말하지 않을 겁니다. 안녕. 좋은 아침이야. 병원에 가야 할 것 같아. 안녕하세요. 학교 종이 울렸습니다. 학교 종이 땡땡땡. 안녕하세요. 머리가 아프군요. 나는 최윤재입니다. 땡땡땡. 병원에 가야 할 것 같아. 안녕하세요."

민혁은 창문을 올리기 시작했다. 그 차창이 다 닫히기 전이었다.

"쉿, 조용히 해, 혁아."

민혁은 창문을 멈췄다.

"아무도 안 죽였잖아. 그렇게 말하기로 약속했잖아."

내려야 할까. 내려서, 저 자식을 어떻게 해야 할까.

"안녕하세요, 좋은 아침입니다. 머리가 아픕니다. 병원에 가야 할 것 같습니다."

민혁은 다시 창을 올렸다. 그리고 기어를 옮기고 차를 출발시켰다. 머리가 아팠다. 최윤재가 머리가 아프다고 말했던 그 순간부터인지, 아니면 회사에서 무작정 나와 차를 탈 때부터였는지, 그것도 아니면 경찰의 전화를 받았을 때부터인지 알 수 없었다. 머리가 아파도 너무 아팠다. 최윤재의 상처가 자신의 뺨에 달라붙어버린 것 같은 느낌이었다. 머리가 쪼개질 것 같았고, 귀에서 피가 줄줄 흘러내리는 것 같았다.

뒤에서 쫓아오는 경찰차를 발견한 건 잠시 후였다. 그럴 리가 없음에도, 민혁은 그 차가 자신을 서울에서부터 쫓아오기나 한 것 같은 두려움에 사로잡혔다. 입술이 말랐다. 그때 경찰차가 방향을 트는 것이 룸미러로 보였다. 경찰차는 농로로 진입하고 있었다. 민혁이 속도를 늦추며 계속해서 룸미러를 주시했다. 농로의 입구에는 입간판이 서 있었다. 미라를 늘 성가시게 한다는 이장네가 하는 식당 간판이었다. 그 농로 안쪽으로 경찰차 한 대가 더 있는 것이 보였다.

도대체 여기서 무슨 일이 벌어지고 있는 것일까.

민혁은 자신이 그런 질문을 하는 날이 있을 수도 있으리라고는 생각해본 적도 없었다. 그에게는 이미 벌어졌던 일만으로도 인생이 감당할 수 없을 만큼 힘들고 괴로웠다. 그러므로, 그 일 이

후, 그의 나날들은 아무 일도 벌어지지 않게 하려고 기를 쓰는 나날들에 지나지 않았다. 그가 얼마나 최선을 다해 살아왔는지는 하느님도 아실 일이다. 얼마나 성실하게 살아왔는지. 그런데 이제 와서 도대체 무슨 일이 벌어지고 있느냐는 질문을 해야 하다니…….

미라야! 도대체 무슨 일이 벌어지고 있는 거야!

미라야. 21년이 흘렀어. 그렇지? 21년이야. 너는 지난 21년 동안 내가 어떻게 살았다고 생각하니. 너는 21년이란 게 얼마나 긴 세월인지 상상이나 할 수 있겠니. 그 긴 세월 동안 내가 얼마나 무서웠을지, 넌 상상이나 할 수 있겠니. 그렇게 오래 발견이 안 될 줄은 몰랐어. 누군가 발견하겠지, 그러면 어떻게 되겠지, 그랬었어. 나 스스로는 어떻게도 못 하겠지만, 그러나 어떻게든 되겠지, 그랬었다는 말이야.

거짓말한 적 없어. 너한테만은 거짓말 안 했어. 내가 말이 자꾸 바뀐 게 아니라 그렇게 믿고 싶었던 거야. 그렇게 믿고 싶었더니 믿어지더라고. 내가 그 집에서 제일 먼저 나온 거라고, 그러니까 난 아무 책임도 없는 거라고, 있어도 제일 조금 있는 거라고, 하지만 맹세할 수 있어. 제일 먼저 나오지는 않았지만, 송중호보다는 먼저 나왔어. 그건 하느님한테 맹세코 정말 사실이야.

벌 받아야겠지. 알아. 그래야 할 거라고 생각했어. 왠지는 모르겠지만, 난 죽이지도 않았는데, 손끝 하나 안 댔는데, 그래서 이해는 잘 안 되지만, 그래도 그 집에 죽은 놈 말고 끝까지 남아 있던 건 나하고 송중호였으니까 벌을 받아야겠지. 그렇지만 내가 거기서 나올 때까지만 해도 그 새낀 살아 있었다고! 피 한 방울 안 흘리고 있었다고! 아아 맙소사, 피 얘기는 잊어버려. 나도 왜 그런 말을 했나 모르겠네. 어쨌든, 내가 나올 때까지만 해도 그 새끼는 멀쩡하게 본드를 하고 있었단 말이야. 그러니까 난 걔가 죽는 것도 못 봤는데, 왜 내가 이렇게 무서워야 하는 건지 모르겠지만, 누군가 내게 벌을 받아야 한다고 말하면, 네 알겠습니다 마땅합니다 잘 알겠습니다, 그럴 거였어. 그럴 거라고 생각했어.

그래. 그해 여름 내내 걔네들하고 붙어 다녔어. 주열이 그 새끼네 집에도 맨날 갔었어. 그 누나가 진짜 이뻤거든. 난 그때 열일곱 살이었어. 온통 기집애들 생각 말고는 없었단 말이야. 그래서 교회에도 다녔어. 기집애들 한번 꼬셔보려고 주일마다 빠지지도 않고 다녔어. 그런데 주열이 그 자식 죽고 나서는 못 가겠더라고. 천벌을 받게 해달라고 빌다가 당장 그 자리에서 그 벌이 떨어지면 어떻게 해. 생각해봐. 어떻게 가겠어. 무서워서 어떻게 가겠어.

그리고 또 뭐? 내가 무슨 말을 했는지 다 어떻게 기억하겠니. 그날 전화가 왔었어. 그래. 그랬었네. 그런데 누구 전화였는지가 뭐가 중요해. 누가 하면 주열이가 살아나니? 하느님이 전화해서 말해줬으면 좋았겠네. 다 끝났다. 그러니까 이제부터 맘 편하게 살아라. 씨발, 그런데 아니더라고. 그 긴 세월 동안, 아무도 말해주는 사람이 없어. 다 끝났다고, 괜찮다고 말해주는 사람이 없었단 말이야.

너는 내가 안심했을 거라고 생각하니? 그 오랜 세월 동안? 갈수록 더 무서웠어. 점점 더 무서웠단 말이야. 이제 누가 알겠느냔 말이야. 안 죽였다는 걸 누가 알 수 있냔 말이야. 증거도 사라지고, 시체도 썩고, 아무것도 남은 게 없어지면, 게다가 아무도 조사를 안 하면, 내가 안 죽였다는 건 어떻게 증명할 수가 있냔 말이야.

그러니까, 미라야.

내가 몇 번이나 말했잖니. 정말, 정말, 정말 말했잖니. 믿어달라고. 난 안 죽였어. 그 개새끼를, 나는 안 죽였다고. 그리고 21년이야. 자그마치 21년이라고. 내가 얼마나 참회를 했는지 네가 알아? 세상의 모든 참회를 내가 다 했단 말이야, 씨발!

민혁이 펜션에 도착해 차에서 내렸을 때, 미라는 아이와 함께 잔디밭에 앉아 있었다. 다정하게 같이 놀고 있는 것처럼 보이는 풍경이었지만 그렇지 않다는 걸 민혁은 알고 있었다. 아이는 늘 혼자 놀았다. 엄마와 함께 있어도, 그와 함께 있어도, 누구와 함께 있어도 아이는 혼자 놀았다. 그러므로 미라와 아이는 지금 같이 앉아 있어도 따로따로 같이 있는 것에 지나지 않았다.

"미라야."

민혁이 또 미라의 이름을 불렀다. 미라가 그다음 말을 기다리지 않고 먼저 말했다.

"아저씨가 병원에 실려 갔어."

"뭐?"

"아저씨가 약을 먹었어."

"무슨 소리야?"

"아저씨가 죽을 거 같아."

"……왜?"

미라는 대답하지 않았는데, 민혁이 갑자기 폭발을 했다. 민혁이 달려들어 미라의 양팔을 붙잡고 온몸을 흔들어가며 악을 쓰기 시작했다.

"무슨 일이야? 무슨 일이 있었던 거야? 여기서 도대체 무슨 일이 벌어지고 있는 거야!"

미라가 민혁의 손을 자신의 팔에서 잡아뗐다. 그 힘이 놀라울 정도로 셌다. 한 여자에게서 어떻게 이런 힘이 나올 수 있을까. 민혁이 뒤로 비틀했다. 거의 나동그라질 지경이었는데, 그런 그에게 미라가 고요히 물었다.

"안 죽였어?"

"뭐라는 거야?"

"난 그게 죽도록 궁금했어. 넌 안 죽였니, 네 친구?"

"미친 거 아니야……? 내가 몇 번을 말했어……."

"안 죽였구나. 그렇구나. 맨날 똑같은 대답이네."

"미라야."

"그런데 그러면 다니?"

"미라야……."

"난 안 죽였어, 아무도. 죄짓지 않은 사람은, 아무도."

"미라야……."

그날 민혁은 도대체 몇 번이나 미라의 이름을 불렀을까. 그 횟수가 반복될수록 목이 말랐다. 나중에는 미라의 이름을 부를 때마다 입에서 모래가 쏟아져 나올 것 같았다. 그리고 마침내는 그의 혀가 잘게 부서져 입 밖으로 쏟아져 나올 것만 같았다.

"목말라?"

미라가 물었다.

"이거, 마실래?"

미라가 생수병을 들었다. 노란 액체가 담겨 있는 생수병이었다. 민혁은 그 생수병을 받기 위해 손을 내미는 대신 한 걸음을 뒤로 물렸다. 무슨 까닭인지 미라가 무서워 견딜 수가 없었는데, 마침내 이제부터 그때까지 미뤄져왔던 모든 징벌이 시작되는 건 아닐까 하는 두려운 예감 때문이었다.

9

봄이 짧게 끝나고 초여름이 시작되던 무렵이었
다. 초여름답지 않게 날씨가 무더워지더니 갑자
기 벌레들이 몰려들기 시작했다. 연초록빛 날개
를 가진 벌레는 연약해 보였다. 연약한 몸으로 방
충망에 달라붙어 불빛 밝은 곳으로 들어오겠다고
기를 썼다. 아침이면 그 벌레들이 방충망의 좁은
틈을 어떻게 뚫고 들어왔는지 바닥에 수북했다.
죽어 있는 벌레들은 더는 연약해 보이지 않았다.
그것은 그저 무더기 진 죽음일 뿐이었고, 성가시
고 이물스러운 벌레들일 뿐이었다.

시골 호숫가, 산 아래의 펜션에 와서는 벌레가

있다고 컴플레인하는 고객도 있었다. 바퀴벌레
도 아니고 지네도 아닌데 비명을 지르고 방을 뛰
쳐나오기도 했다. 미라와 천문대는 매일같이 살
충제를 치지 않을 수 없었다. 벌레들이 싫어한다
는 식물의 잎을 모아 방충제를 만들어 걸기도 했
고, 모깃불을 피우듯이 밤이면 그 잎들을 태우기
도 했다. 그러나 벌레들은 매일같이 날아왔고, 더
많이 날아왔고, 방충망에 달라붙어 날개를 사정
없이 부딪쳐가며 시끄러운 소리를 냈다. 바삭 바
삭 바삭, 바삭 바삭 바삭. 한 마리의 소리, 두 마리
의 소리, 열 마리의 소리, 백 마리의 소리……

　이장이 효과가 좋다는 독한 살충제를 줬다. 봉
지에 담긴 밀가루 같은 것이었는데, 작은 생수병
에 한 숟가락 정도를 넣어 흔들었더니 노란색이
나는 액체가 되었다. 미라는 뚜껑을 열고 킁킁,
냄새를 맡아보았다. 벌레들조차 안 먹을 것처럼
독한 냄새가 났다. 벌레들이 꼬이게 하려면 진한
과일음료를 섞어주는 게 더 좋을 것 같았다.

　이장은 툭하면 미라의 펜션에 들락거렸다. 그
러고는 온갖 참견을 했고, 온갖 지나간 이야기를

꺼냈다. 이해할 수 없는 일이었지만, 이장은 이제
와서는 아주 가까운 곳에 사는 먼 친척 같아져버
렸다. 그러니까 멀리 사는 가까운 친척보다 훨씬
가깝고, 훨씬 불길한. 그는 미라에 대해 아주 많
은 걸 알고 있었고, 때로는 미라 본인보다도 더
많은 걸 알고 있는 것 같았다. 말하자면 미라가
얼마나 싹수없고 버릇없는 아이였는지, 말하자면
미라가 얼마나 나쁜 년인지에 관해서라면 이장은
미라 본인도 기억하지 못하는 에피소드를 하루
종일이라도 읊어댈 수 있을 것 같았다.

　그중에는 미라가 열일곱 살 때의 일도 있었다.
열일곱 살의 어느 여름밤, 느닷없이 미라가 시골
집에 내려왔던 적이 있었다. 이장의 친척이라는
사람들이 살고 있을 때였는데, 변변히 대문이랄
것이 없는 집이어서 미라는 곧바로 마당을 가로
질러 들어가 방문을 쿵쿵 두드렸다. 이장의 친척
이라는 사람이 문을 열자마자 열일곱 살 미라가
말했다.

　나가요, 여기 우리 집이야. 그러니까 나가란 말
이야.

이장이 연락을 받고 달려왔을 때 미라는 머리를 산발하고 온몸은 흙투성이에 군데군데 피까지 흘리고 있었다. 친척의 말에 의하면 깜깜한 밤에 나타난 이 아이가 갑자기 마당을 뒹굴며 '지랄 발광'을 한 끝에 그 꼴이 되었다는 것이다. 그러니까 미라는 얼마나 버르장머리가 없고 싹수가 없고 성질머리가 못된 년이었던지.

이장은 그 밤 미라가 그 집에서 얼마나 곤히 잠들었던지에 대해서도 말했다. 싹수없고 성질머리 못된 년이 잠은 잘 처자더라고 했다. 조금만 관심을 가졌더라면, 조금만 눈여겨보았더라면, 이장은 미라가 그 밤 잠이 들었던 게 아니라 정신을 잃었던 거라는 걸, 피가 묻은 것은 마당에서 지랄 발광을 한 탓이 아니라 다른 이유 때문이었다는 걸 알았을 것이다. 아니, 사실, 이장은 알고 있었을 것이다. 다만 모르는 체하고 있을 뿐이었겠지.

잠들기 전, 아니, 정신을 잃기 전, 미라가 이장에게 매달려 사정을 했었다. 나 여기서 살 거예요. 저 사람들 나가라고 해줘요. 나 내일부터 여기서 살 거란 말이에요. 저 사람들 우리 집에서 나가게 해줘요. 미라가 이장에게 달려들 때마다 이장이 미라를 떼어냈다. 나중에는 떠밀고, 팽개치기까지 했다. 저년이 저게 미쳤는갑다, 소리를 지르고, 저년이 어디서 뭔 지랄을 당하고 와서 이런다냐. 분명히 그랬다. '어디서 뭔 지랄을 당하고 와서'라고. 미라가 당한 일은 지랄이 아니었다. 그 정도의 일이 아니었다. 더군다나 그렇게 모질게 떼밀리고 쥐어박히고 머리채까지 잡힐 일이 아니었다. 열일곱 살 미라는 보호가 필요했으나 자신의 집에서조차 내쫓기기 직전이었다.

그때, 결심했었을까, 미라는.

너도 죽인다. 너도 언젠가는 반드시 죽인다.

이장을 죽이기 전에 먼저 죽여야 할 인간이 생겼다. 그날, 미칠 듯이 더웠던 일요일의 한낮에. 미라는 낮잠을 자고 있었다. 목덜미에서 줄줄 흐른 땀이 비닐 장판까지 흘러내려 온몸이 잠 속에서 미끄러져 내리는 듯했다. 무언가 미끄덩한 것이 자꾸 온몸을 내리눌렀는데, 그게 실제로 사람이라는 건 눈을 뜨기도 전에 알았다. 왜냐하면 끝끝내 눈을 못 떴으니까. 소리도 제대로 못 질렀으니까.

얼굴에 검은 비닐봉투가 씌워졌었다. 비명을 지를 때마다 숨이 막혀 몸이 찢기는 상처보다 숨을 못 쉬어 먼저 죽을 것 같았다. 비명은 소리가 되지 못한 채 헉헉, 허어억, 허어억, 신음이 되었다. 아무도 나와보는 사람이 없었다. 외할아버지 방에서는 티브이 소리가 들렸다. 언제나 꽝꽝 울려대는 티브이 소리. 외할아버지의 침묵에 갑옷처럼 씌워 있던 그 소리. 몸부림을 쳤으나 누구도 들여다보는 사람이 없었다. 골목 어딘가 멀리에서 계란 파는 트럭의 확성기 소리가 들렸다.

미라는 그의 얼굴을 끝내 보지 못했다. 그가 내쉬던 개 같은 숨, 더러운 냄새, 내장을 토해낼 것 같은 소리만 기억할 뿐이다. 그리고 그녀의 방, 아니 외할아버지의 집에 그녀가 얹혀살던 방, 그녀의 법정 후견인의 집 작은방, 땀과 체액으로 미끈거리던 비닐 장판 바닥, 등과 엉덩이와 다리 사이에서 땀과 함께 흐르던 피…… 검은 봉지를 벗을 때 쏟아냈던 숨소리……. 홀로 내쉬던 자신의 숨소리를 기억할 뿐이다.

미라는 집을 나왔다. 그리고 버스 정류장으로

갔다. 해가 지고 있었고, 미라의 시골집으로 가는 시외버스는 막차 시간이 아주 일렀다. 그녀는 시골집 방향으로 가는 다른 버스를 탔고, 그곳의 정류장에 내려 다시 시외버스를 탔고, 그리고 걷고 또 걸어 마침내 시골집에 이르렀다. 집에 도착했을 때는 깜깜한 밤이었다. 불빛이 번져 나오고 있었다. 엄마와 같이 살 때처럼, 방 안에서 불빛이 번져 나오고 있었다.

엄마, 엄마, 엄마······.

이장은 그녀에게 무슨 일이 벌어졌던 건지 다 알았을 것이다. 그런 인간은 남에게 벌어지는 나쁜 일은 다 아는 법이다. 그런 인간은 그런 놈들이나 다를 바가 하나도 없는 놈이다. 그 밤에 이장이 그녀에게 내뱉던 욕설을 미라는 잊지 않을 것이다. 그녀의 집을 빼앗고, 그녀를 그 집에서 몰아낸 그 인간을 잊지 않을 것이다.

너도 죽인다. 반드시 죽인다.

이튿날, 자기 집에서조차 쫓겨 나와야 했던 날

의 아침에도 벚꽃이 마당에서 난분분 흩날리고 있었다. 바람이 훅 불어와 머리와 어깨에 벚꽃이 가득 내려앉았다. 열일곱 살 상처를 입은 여자아이는 벚꽃을 잔뜩 뒤집어쓰고도 아름답지 않았다. 이장의 말마따나 미친년 같아 보였을 뿐이다. 사실이기도 했을 것이다. 한여름이었으므로 벚꽃 같은 건 없었을 테니. 미친년 같아 보이든 아니든 미라가 제정신이 아니었던 것만큼은 사실이었을 테니.

그러므로, 그날 그녀가 보았던 것, 하루 온종일을 헤매고 다녔는데 기어코 돌아갈 데라고는 다시 외할아버지 집밖에는 없어서, 엄마, 엄마, 엄마, 울면서 외할아버지의 집으로 올라가던 그 골목길에서 보았던 것도 정말로 본 것은 아니었을지 모른다. 그녀의 살의가 만들어낸 착각 같은 것, 그녀의 소망이 만들어낸 환상 같은 것이었을지도.

그가 거기에 있었다. 보자마자 그놈인 줄을 알았다. 어떻게 알았는지는 모르지만, 보자마자 알았다. 어두운 골목에서 휘파람 소리가 짧게 들렸고, 전등이 나가 깜빡거리는 외등 아래에 서 있는 시커먼 그림자가 보였는데, 그 그림자의 얼굴이 외등의 점멸하는 불빛을 좇아 깜빡 깜빡 깜빡 했다. 그자의 흰 이빨도 보였다. 웃으며, 그자가, 후루룩후루룩 한입에 무언가를 삼키는 소리를 냈었다. 무언가. 그러니까 미라를 한입에 삼키는 소리.

온몸이 덜덜 떨렸다. 죽일 수 있었고, 죽여야 했는데 온몸이 떨려 한 걸음도 내디딜 수가 없었다. 그자가 먼저 움직였다. 그자가 골목을 가로질러 미라에게로 다가오고 있었다. 소리라도 질러야 했다. 아무것도 할 수 없다면 소리라도 질러야 했다. 비명은 그자에게서였다. 그자의 몸이 한순간에 공중으로 떠올랐고, 오토바이 한 대가 그자를 치고 그다음에 벽을 박았다. 세상이 깨지는 듯한 소리가 났으나 아무도 나와보는 사람이 없었다. 똑딱 똑딱 똑딱, 어느 집의 시계 초침이 울리는 것 같은 소리가 날 뿐이었다.

오토바이 운전자가 허겁지겁 일어나 골목길 한가운데에 쓰러져 있는 살덩어리를 살폈다. 잠시 후, 운전자는 허겁지겁 달려올 때보다 더 허겁지겹 다시 자기 오토바이에 올라탔다. 모든 일이 한순간이었다. 일이 벌어진 건 한순간이었으나, 그자가 거기에 쓰러져 있는 시간은 평생처럼 길었다. 시간은 더 이상 똑딱 똑딱 똑딱 흐르지 않고 또옥딱 또오오옥딱 흘렀다. 한 시간, 두 시간, 세 시간…… 영원히. 그러다가 멈췄다. 누구도 나와 보지 않고 누구도 지나가지 않았다. 미라는 꼼짝도 하지 않은 채 그곳에 서서 그자의 몸에서 흘러나와 웅덩이를 만든 피와 그 피가 말라붙어가는 것을 보았다. 기괴하게 꺾여 있는 목, 쩍 갈라진 것 같은 머리통이 덜렁거리는 그 끔찍한 몰골을 탐닉하듯 바라보았다. 전율 같은 환희가, 그리고 이어서는 오열이 터져 나왔다. 미라는 지금도 그 울음이 전율 때문이었는지, 격렬한 슬픔 때문이었는지 알 수 없었다. 슬픔이었더라도 적어도 그자를 향한 것은 아니었을 것이다.

이장에 대해서라면, 그래도 미라에게는 할 말이 있을지 모른다. 그렇게 뻔질나게 들락거리고, 그렇게 툭하면 싫은 소리를 하지 않았더라면 좋았을 것이라고. 이장은 툭하면 미라의 펜션을 찾아와 미라에게는 인사도 건네지 않은 채 펜션 주변을 훑고 다녔다. 벌레가 여기서만 극성을 부리는 걸 보면 주변 어디에 뭐 더러운 것이나 흉한 게 있어서인지도 모른다고 했다. 이장은 펜션 주변만 뒤진 게 아니라 숲속도 뒤지고, 호숫가로 내려가는 지름길도 오르락내리락했다. 급기야는 식당에 밥을 먹으러 오는 경찰들에게 쓸데없는 말까지 흘리는 것 같았다. 미라는 걱정하지 않았다. 그래봤자 시골 경찰들이었다. 지들이 뭘 찾아낼 수 있겠는가. 그러나 이장은 달랐다. 이장은 아주 온 산을 다 파헤쳐볼 기세였다.

그런 이장이 지긋지긋해서 미라는 어느 날 숲속을 뒤지고 나오던 이장을 잔디밭 테이블로 불러서 물었다. 테이블 위에는 음료 한 잔이 놓여 있었다. 차가운 음료였다. 물컵에 물방울이 송골송골 맺혀 있는 노란색 빛이 도는 음료.

"왜 그러신 거예요?"

이장이 음료수 잔을 들어 올리다 말고 미라를 쳐다봤다.

"뭘 말이냐?"

"그때 왜 그러셨냐고요. 그때 그해 여름에 왜 그렇게 욕을 하고, 왜 그렇게 모질게 쫓아냈어요?"

"야, 야. 얘가 또 지랄병이 도는갑다. 그게 언제 적 일이라고 그런다냐!"

이장이 들고 있던 유리잔을 내려놓고는 핏대를 세워가며 소리를 지르기 시작했다. 은혜도 모르는 년, 버르장머리 없는 년, 아무리 잘해줘봤자 그걸 아가리로 처먹는지 똥구멍으로 처먹는지도 모르겠는 년, 떡잎부터 글러먹은 년, 기타 등등, 기타 등등.

미라가 이해할 수 없는 것은 왜 사람들이 자꾸 시간을 들먹이냐는 것이다. 그게 언제 적 일이든 시효 같은 게 있을 리가 없지 않은가. 있다 하더라도 그건 다친 사람이 정하는 것이지, 다치게 한 사람이 정하는 건 아니지 않는가. 용서는 당한 사람이 하는 것이지, 당하게 한 사람이 하는 건 아니지 않는가.

"드세요. 음료수나 드세요. 더우시잖아요."

이장은 아직도 다 하지 못한 말이 남아 있다는

듯 혀를 몇 번 찬 후에야 음료수 컵을 들었다. 그
런데도 분이 안 풀렸는지 갑자기 또 한마디 욕설
을 내뱉듯이 물었다.

"근데 넌 저기 저 산속에 뭘 묻은 거냐?"

10

그해 여름 미라는 반복해 생각해보곤 했다. 혹시 자신에게 다른 선택은 없었던 것인지. 후회는 아니었다. 누군가는 어차피 죽게 되어 있었다. 어떤 선택을 하더라도 말이다.

그해 여름의 어느 날, 미라는 늙은 벚나무 아래에 앉아 있었다. 벚나무도 곧 죽을 것이다. 누구나 죽는 것처럼 나무도 늙어 죽는다는 사실이 위로가 되었다. 미라는 엄마의 어깨에 기대듯이 나무둥치에 몸을 기대었다. 그때 갑자기 한여름의 늙은 벚나무에 물이 오르는 것 같더니 꽃봉오리가 맺히고, 꽃이 피어나기 시작했다. 꿈인가 싶어 미라가 깜짝 놀라 나무를 올려다보았다. 그것은 꿈도 아니었고 벚꽃도 아니었다. 그건 UFO의 빛이었다.

놀라움은 금방 사라졌다. 미라는 그 UFO를 몇 번이나 보았었다. 엄마가 죽던 날에도, 그녀가 혼자 살던 원룸의 창가에서도, 어쩌면 펜션을 짓던 나날들 중에도. 한낮의 허공에 뜬 UFO는 기별 없이 찾아온 오래된 친구처럼 은은하고 부드러운 빛을 냈다. 그 빛 한가운데에서 문이 열렸다.

수온아.

아이가 거기에 있었다. 미라는 홀린듯이 일어서 아이의 이름을 부르며 두 팔을 벌렸다. 아이는 그 품으로 뛰어드는 대신 먼 허공에서 엄마를 내려다보았다. 아이는 내려올 생각이 없는 게 분명했다. 왈칵 울음이 솟구칠 듯했지만, 그건 잠깐이었다. 괜찮았다. 그것이 아이의 결정이라면. 그토록 오래 궁리를 하더니 아이는 드디어 선택을 한 것이다. 평범한 사람이 되고 행복한 사람이 되기로 결정을 할 수도 있었을 텐데, 말하자면 그냥 사람이 되기로 결정할 수도 있었을 텐데, 대신

UFO를 타기로.

엄마, 엄마, 엄마.

아이가 미라를 세 번 반복해 불렀다. 자신의 아이에게 그토록 아름다운 목소리가 있는 줄 미라는 알지 못했었다. 아무것도 용서할 것이 없고 그럴 필요도 없는 아이의 시간은 이제 영원할 것이다. 그것은 오직 그녀의 아이에게만 허용된 완전한 시간일 터이므로 미라는 몇 번이나 반복해서라도 괜찮다고 생각할 수 있었다. UFO의 문이 닫히고, 부드러운 빛이 서서히 햇살 속으로 사라져가기 시작했다. 벚나무가 죽은 게 바로 그날이었다.

인간의 모습을 한 우주

서희원

1. 환상적 모방 또는 이항

16세기 이탈리아 밀라노에서 태어난 주세페 아르침볼도Giuseppe Arcimboldo는 위대한 예술가들이 종종 그렇듯 자신이 아늑하게 여기는 장소에서는 환영 받지 못하고 이국에서 인정을 받은 화가였다. 그는 프라하에 있는 합스부르크 왕가의 궁정 초상화가로 활약하며 명성을 쌓았는데 그의 작품은 비인격적인 요소로 사람의 머리나 모습을 형상화하는 특징을 가지고 있었다. 그는 철학자나 도서관의 사서는 책으로, 요리사는 주방의 기구들로, 황제의 얼굴은 풍요로운 사계절의 수확물로 의인화했다. 특히 그의 「채소 기르는 사람」(1590년경) 같은 그림은 각종 채소로 사람의 이목구비를 형상화하고 있지만 이것을 거꾸로 놓고 보면 모자라고 생각했던 것은 그릇으로 바뀌며 그 안에 다양한 채소들이 담긴 평범한 정물화로 뒤바뀐다.

주세페 아르침볼도의 그림을 당대의 사람들은 배를 잡고 웃을 수 있는 익살이나 풍자로 이해하였고, 미학사에서는 흔히 기괴한 것과 아름다운 것 사이의 길항을 표현하고 있다고 평가하였다.

하지만 아르침볼도가 색과 소리의 대응관계 즉, 종이 위에 그려진 다양한 색감을 통해 악보에 적힌 멜로디를 재현하는 것이 가능하다고 확신했다는 또 다른 예술사의 메모는 이러한 그림이 단순한 유머와 상상이 아니라 하나의 세계가 다른 체계의 사물로 재현될 수 있다는 어떤 환상적 모방 또는 이항이 그의 예술적 추구였다는 사실을 분명히 알려주고 있다.

2. 절대적 시간과 상대적 시간

16세기 유럽의 화가 아르침볼도를 언급하며, 김인숙의 『벚꽃의 우주』에 대한 해설을 시작하는 이유는 분명하다. 『벚꽃의 우주』에 담긴 서사는 주의 깊게 보는 시선에 따라 다양한 방식으로 읽힐 수 있으며, 서사를 형상화하는 개인과 사건들은 다른 체계의 사물들로 이항할 수 있고, 이것을 읽어내는 것이 무엇보다 중요한 이 소설의 특징을 알려주며, 사물에 드리워진 장막을 걷고 감추어진 핵심에 다가가는 독서의 쾌감을 선사한다고 판단하기 때문이다.

『벚꽃의 우주』는 1994년부터 2015년 이후까지 대략 20여 년의 시간을 통해 전개된다. 1994년 "역사적인 폭염이라는 수식어가 붙게 될 그해"(11쪽)의 봄과 여름에 소설의 두 주인공 미라와 민혁은 자신들의 삶을 완전히 다른 차원의 것으로 만들어버릴 고통스런 경험을 하게 된다. 각자 다른 인생의 시공간에서 미라는 천문대에서 근무하는 노총각—그는 직업적 특징 때문에 "천문대"라는 별칭으로 불린다—과 재혼하는 달콤한 꿈을 꾸던 어머니를 교통사고로 잃게 되고, 민혁은 재개발이 예정된 버려진 빈집에서 친구들과 술, 담배, 본드 등을 마시고 흡입하다 사고로 그중 한 친구가 죽는 경험을 한다. 미라는 무기력한 외할아버지 밑에서 우울하고 끔찍한 청소년기를 보내고, 민혁은 죽은 친구를 다른 친구들과 암매장한 후 고통스런 죄책감과 암매장의 비밀을 공유한 친구들의 은밀한 협박 속에서 불행하게 살아간다. 김인숙은 이 시간에 역사적 흔적을 오롯이 남김으로써 이것이 단순한 텍스트의 내적 시간이 아니라 텍스트 밖에 위치한 독자들도 공통적으로 경험한 '바로 그 시간'이라는 것을 명시한다.

1994년이 역사적 시간이라면 서사는 기록되고 공유된 공적 자료나 사회의 구성원들이 실질적으로 경험한 인생의 굴곡과 다르지 않은 삶을 살 것을 등장인물들에게 엄격하게 요구한다. 그 흔적은 이런 것이다. "1994년 그해 봄과 여름에, 그리고 가을에는 사람들이 많이 죽었다. 러시아 비행기가 떨어져 사람들이 죽었고, 그 후 한 달이 지나 대만 비행기가 떨어져 더 많은 사람들이 죽었다. 그해 봄에는 커트 코베인이 죽었고, 그해 여름에는 자살골을 넣은 콜롬비아 축구 선수가 총을 열두 방이나 맞고 죽었다. 북한의 김일성이 죽었고, 성수대교가 무너져 사람들이 죽었고, 아현동에서는 도시가스가 폭발해 또 사람들이 죽었다. 지존파는 사람들을 납치해 고문하고 죽여 소각로에 태워버렸다."(117쪽) 미라와 민혁이 우리들과 같은 시간을 살고 있다면 그들의 현재는 커트 코베인도, 자책골을 넣은 콜롬비아의 축구 선

수도, 김일성도 없는 그러한 세계이며, 과거의 경험이 인과가 되어 현재나 미래에 흔적을 남기는 그러한 세계여야만 한다.

하지만 『벚꽃의 우주』는 그 시간의 연결 고리나, 사건의 인과와 공간을 기묘하게 휘어버리는 방식으로 서사를 전개한다. 미라는 결절된 시간 속에서 심각한 발달장애를 겪은 사람처럼 "멈춰버린 성장과 가속페달을 밟아버린 성장이 동시에 존재"(27쪽)하는 소녀이자, 최소한의 도덕관념을 지닌 어머니로 자라난다. 이러한 특성은 얼굴도 본 적 없는 타인의 고통에 누구보다 강하게 공감하는 성스러운 여인이자 아무런 죄책감 없이 자신에게 위해를 가하는 사람을 살해하는 악녀의 모습으로 표출된다. 미라는 이렇게 말한다. "송중호 같은 놈이라면 열 명이 와도 열 명 다 죽일 수 있다. 처음이 어렵지 두 번째는 어려울 것도 없고, 세 번째부터는 껌이다."(169-170쪽) 이밖에도 서사에는 하나의 시간과 동일한 사회적 경험이 균일하게 지나가는 것이 아니라 서로 다른 시공간에서 살고 있는 것 같은 모습이 접합된 것 같은 기묘한 흔적들이 상재해 있다. "천문대에게는 산 위의 삶과 산 아래의 삶이 달랐다. 공기의 밀도도 달랐고 시간의 속도도 달랐다"(18-19쪽)라는 표현이 하나의 비유가 아닌 것처럼 느껴지는 '천문대'의 "이상할 정도로 늙"(76쪽)은 모습이나 민혁과 결혼한 후 미라를 찾아오며 각기 다른 사실을 말하는 민혁의 비밀을 공유한 친구들처럼 말이다.

미친놈. 미라는 입술을 깨물었다. 모두가 거짓말을 하고 있었다. 불꽃놀이의 그 밤, 프러포즈를 받을 줄 알았던 그 밤, 누군가 민혁에게 전화를 걸었었다. 그 찬란하고 황홀한 순간에조차 받아야 할 만큼 민혁에게는 중요한 전화 같았다. 전화를 받고 돌아온 민혁의 표정이 창백했었다. 민혁은 그 전화가 김주희에게서 온 거였다고 나중에 말했다. 정명주는 자기가 했다고 했다. 그런데 최윤재는 이제 그 전화를 자기가 건 거라고 말하기라도 하려는 것일까. 다들 미친것들이었다.

(190-191쪽)

미라의 말처럼 하나의 장면이 연속적으로, 하지만 약간씩은 다르게 리플레이—『벚꽃의 우주』에서는 미라의 어머니가 죽던 그날의 장면이, 민혁의 비밀이 탄생하는 끔찍한 사건 혹은 번복되는 진술 속에서 어쩌면 살인이 있었을지도 모른다는 예감을 풍기는 1994년 7월 24일의 밤이, 그리고 민혁이 미라에게 프러포즈를 하던 그날의 장면이, 마치 다른 방식으로 편집된 영화처럼 반복적으로 등장한다—되면서, 그 달라진 장면의 디테일이 서사에 개입하며 엄격한 인과율을 파괴하는 일은 미치거나 거짓말을 하지 않고서는 가능한 일이 아니다. 아무리 폭넓게 이해한다고 해도 이러한 서사는 "그녀의 살의가 만들어낸 착각 같은 것, 그녀의 소망이 만들어낸 환상 같은 것"(245쪽)이라고 보는 편이 맞을 것이다.

『벚꽃의 우주』를 읽는 가장 평이하고 안온한 방법은 이렇다. 1장부터 10장까지 기술된 장면들을 절대적인 시공간의 배경에 위치시키고, 사건의 인과를 독자의 이성이 허락하는 인물들의 진술에서 가져와 이해하는 것이다. 그리고 그 틀을 벗어나려는 사건이나 장면, 일그러진 독서의 감각은 인물들의 광증狂症이나 거짓말이 만들어내는 왜곡으로 판단하는 것이다. 이러한 방식으로 『벚꽃의 우주』를 읽으면 서사는 행복의 문턱에서 엄마를 잃은 소녀가 어린 시절의 빈집으로 돌아와 그곳을 스위트 홈으로 탈바꿈시키는 이야기, 그 테두리를 침범하는 것은 무엇이든 냉혹하게 죽이며 폐허를 아름답게 치장하는 광기 어린 이야기가 된다.

3. 평행우주의 서사

하나의 여정이 있고, 그 시작과 끝을 연결하는 고속철도가 있다면, 많은 사람들은 고속철도를 타고 그 사이를 이동한다. 그것은 안전하고 빠른 길이다. 하지만 인간이 안락함과 신속함을 얻으며 지불하는 것은 경험의 상실이다. 경험을 극대화하면 공간을 가로지르는 안락함과 신속함은 당연히 사라진다. 문학은 지도 위에 그어지는 직선을 거부하며 그 시공간을 무한하게 확장하는 방식으로 창의를 발현하였다. 호메로스의 『오디세이아』는 터키에서 그리스까지 이어지는 에게해의 짧은 항해를 10년의 방황으로 만들었고, 제임스 조이스의 『율리시스』는 주인공들이 겪는 하루 동안의 모험을 방대한 분량의 '근대 서사시'로 펼쳐 놓았다. 장자의 호접몽을 서사적으로 펼쳐낸 김만중의 『구운몽』은 양소유의 화려한 일생을 승려 성진의 하룻밤 꿈으로 묘사한다. 소설이 아닌 시에서도, 그리고 최근의 문학에서도 이러한 예는 얼마든지 발견할 수 있는데, 김혜순은 이렇게 썼다. "나는 또 내가 모든 등장인물인 그런 소설도 지을 수 있지. 실연당하고 미친 듯이 농약을 구해 온 열아홉 살의 나와 네가 싫어 그랬다고 우리 집 담을 도끼로 부수던 남자를 바라보는 스무 살의 내가 함께 나오는 그런 소설도 지을 수 있을 거야. 이런 소설은 어때? 열 살의 나와 예순 살의 나에게 겸상으로 우리 엄마가 밥상 차려주는 그런 소설. 결혼 전의 내가 공원에 앉은 지금 나의 뺨을 때리고, 일흔 살의 내가 뺨 맞은 나를 위로해주는 그런 소설 말이야."1)

　예술가들은 이렇듯 균질적이고 단일한 시공간을 벗어나거나, 이를 왜곡하고, 때론 파괴하면서 자신의 상상을 펼쳐내었다. 역사를 시공간에 대한 인식론으로 간략하게 정리하자면, 문학으로 대표되는 인간의 상상력은 시공간을 무한한 가능성이 존재하는, 복잡하게 구부러지고 겹쳐진, 하나의 체계로는 이해할 수 없는 신비로운 곳으로 써내려갔고, 기술과 과학은 주름진 시공간을 펼쳐 하나의 도면 위에 올려놓고, 측량하고, 개척하였다. 상상력과 과학의 길항은 아주 오랜 시간 동안 반복적으로 진행되었고, 종교적 상상이 모든 것을 신의 섭리로 이해하게 한 중세를 지나, 세계와 우주를 계산 가능의 영역으로 만든 뉴턴의 시대를 통과해, 다시금 상상력과 현대 물리학이 사이좋게 해후한 것처럼 보이는 새로운 패러다임의 단계로 발전하였다.

---

1) 김혜순, 「내가 모든 등장인물인 그런 소설 1」, 『불쌍한 사랑 기계』, 문학과지성사, 1997, 30쪽.

지금은 과학적 상식으로 받아들여지고 있는 것처럼, 아인슈타인 이후 공간에 대한 이해는 혁명적으로 달라졌다. 아인슈타인은 뉴턴의 절대적 시공간에 대한 수많은 반론들을 해결할 수 있는 상대적 시공간의 개념을 주장하였다. 그리고 "최근 들어 물리학자들은 '우주에 존재하는 힘(상호작용)을 체계적으로 설명하기에는 4차원 시공간이 너무 좁다'는 사실을 깨닫기 시작했다. 4차원에서 논리를 전개하면 무언가 부자연스러우면서 이론이 너저분해진다. 그러나 4차원 이상의 고차원 시공간으로 무대를 옮기면 자연의 기본 힘들은 독립적이고 우아한 형태로 서술할 수 있다."[2]

이렇듯 수많은 과학자들의 주장을 통해 초공간, 다중우주, 평행우주와 같은, 과거에는 해괴망측한 상상에 불과하다고 치부되었던 주장들은 과학적 상식이 되었다. 과거에는 예술이나 문학작품에서만 존재할 수 있었던, 각기 다른 가능성의 방식으로 공존하는, 무수히 많은 세계들은, 과학

2) 미치오 카쿠, 『초공간』, 박병철 옮김, 김영사, 1997, 11-12쪽.

과 공존하며 세계와 우주 그리고 서사를 새롭게 써내려가기 시작했다.

『벚꽃의 우주』는 그 제목에 들어간 '우주'라는 단어가 결코 헛된 비유처럼 사용된 소설이 아니다. 미라의 말처럼 이 소설은 "엄마가 돌아가실 때의 이야기, 엄마가 돌아가신 후의 이야기, 아니 어쩌면 엄마가 돌아가시기 전의 이야기"(27쪽)가 균일한 시공간에 질서를 갖춰 배열된 것이 아니다. 미라는 계속해서 이렇게 말한다. "만일 아주 여러 개의 우주가 있다면, 두 개, 세 개가 아니고 열 개, 스무 개도 아니고 천 개, 2천 개도 아니라 150억 곱하기 9조4천6백억 개쯤의 우주가 있다면……."(36쪽) 그리고 이렇게도 말한다. "또 다른 우주, 아주 많은 우주, 아주아주 많은 우주요. 난 그렇게 생각했어요. 괜찮다고요. 나는 그때 겨우 열네 살이었는데, 아흔네 살만큼 늙어버린 것 같았어요. 정말 늙은이 같았다니까요. 그래서 늙은이처럼 생각했죠."(135쪽) "그녀는 그때 어떤 우주에 있었던 것일까. 만일 또 다른 그녀가 살고 있는 또 다른 우주가 있다면"(112쪽).

다중우주 또는 평행우주라는, 과거에는 문학적 상상이었고 지금은 과학적 이론으로 취급되는 이러한 인식은 소설의 서사에 한 권의 책으로 등장한다. 1994년 봄 교통사고 이후 생사를 오가는 상태로 입원해 있던 엄마의 지난한 임종 과정을 지키던 미라는 병원의 휴게실에서 "별들의 사진이 실려 있는 잡지"를 보게 되고 잡지에 실린 "I Zwicky 18"(24쪽)이란 명칭이 붙은 은하의 사진에 매혹된다. I Zwicky 18 은하[3]에 주체할 수 없이 빠져버린 미라는 "병원 앞 책방에서 책 한 권"(25쪽)을 사게 되고, 책 안에 담긴 우주를 설명하는 최신의 이론을 읽고 또 읽으며 자신의 존재를 새로운 공간으로 밀착시킨다. "엄마가 죽어

[3] 미라가 매혹되는 I Zwicky 18 은하는 이 운명적인 조우에 답하듯이 "멈춰버린 성장과 가속폐달을 밟아버린 성장이 동시에 존재"(27쪽)하는 미라와 그리고 발달장애를 앓고 있는 미라의 아이 수온이와 비슷한 성장의 경험을 공유하고 있다. 우주망원경과학연구소와 유럽우주국에서 우주에 대한 연구를 진행하고 있는 알레산드라 알로이시는 "비록 이 은하가 우리가 처음 생각했던 것처럼 어린 은하는 아니지만 우리가 최근에 관측한 은하 중에서 확실하게 발달장애를 가진 독특한 은하이다"라고 표현하였다.
http://hubblesite.org/news_release/news/2007-35

가는 동안 내가 읽었던 책은 책이 아니라 글자였다니까요. 수많은 별들이 끝없는 우주를 채우고 있는 것처럼 그 책 속에는 글자들이 채워져 있었어요."(196쪽) 각각의 문자가 개별적인 별로 이항되는, 문장의 체계가 우주의 법칙으로 치환되는, 이 책은 『벚꽃의 우주』에 등장하는 유일한 책이며, 미라의 영혼이라고 부를 수 있는 사유와 정신에 절대적 영향을 미친 책이기 때문에 그것이 어떤 책인지에 대해 관심을 기울이는 것은 중요하다.

미라는 이 책의 외형을 "표지가 딱딱한, 엄청나게 두꺼운 책"(25쪽)이라고 묘사하고, "다중우주, 평행우주, 초끈이론, 엠이론, 블랙홀, 암흑에너지, 웜홀"(26쪽)에 대한 내용을 담고 있다고 설명한다. 그리고 자신이 외우고 있는 하나의 문장을 암송한다. "우주는 어떠한 계획도 없고 목적도 없으며 선이나 악도 존재하지 않는다. 우주는 모든 것에 무관심한 채 주어진 법칙에 따라 운영되고 있을 뿐이다."(196-197쪽) 미라를 매혹시킨 최초의 것이 바람에 흩날리는 벚꽃의 "난분분"(11쪽)한 풍경, 그 인과도, 계획도, 목적도 알 수 없는, 추락

하는 것들의 아득한 운동이었다는 사실을 기억한 다면 미라가 우주에 대해 설명하는 이 문장을 왜 그토록 탐닉했는지, 왜 읽고 또 읽으며 기억에 문 신처럼 새겨놓았는지 이해할 수 있을 것이다. 미 라가 책방에서 샀다고 하는 이 책은 실제 한국에 서 번역 출간된 적이 있는 책으로, 일본계 미국 인 물리학자인 미치오 카쿠의 『평행우주Parallel Worlds』라고 판단된다. 미라가 묘사하고 있는 외 형이나 목차가 유사할 뿐만 아니라 암송하고 있 는 구절 역시 『평행우주』에 수록되어 있다. 한 가 지 차이점이 있다면, 『평행우주』는 2005년에 출 간되었고, 한국에는 2006년에 번역 소개된 책이 라는 점이다.4)

미라가 1994년 여름에 읽었다고 하는 『평행우 주』가 한국에 2006년에 출간되었다는 사실은 절 대적 시간이 동일하게 흘러가는 시공간에서는 있 을 수도 없고, 있어서도 안 되는 일이지만, 미라

---

4) 미치오 카쿠, 『평행우주』, 박병철 옮김, 김영사, 2006. 미라가 암 송하고 있는 문장은 534쪽에 수록되어 있다.

가 상상하고 염원하는 평행우주에서는, 그리고 이 소설의 구성이 평행우주를 염두에 두고 만들어졌다면, 가능한 일이다. 엄마의 죽음 이후 미라의 세계는 엄마가 아직 살아 있는 세계를 추억하고 상상하는 소녀의 세계와 엄마라는 거대한 우주가 통째로 소멸된, 말 그대로 그 끝도 알 수 없는 검은 구멍black hole과 같은 쓸쓸한 세계에서 살아가는 미라의 세계로 분할되었다. 편의상 두 개로 나눌 뿐이지 미라의 선택과 끔찍한 경험, 타인과의 만남을 통해 그 세계는 다중우주에서 설명하는 우주의 개수만큼 무한하게 분할되며 증식하였다. 무수한 우주 속에는 1994년이라고 지칭되는 수많은 시공간이 존재할 것이고, 그곳에는 엄마가 아직 살아 있는 우주도, 『평행이론』이 출간되어 있는 1994년의 우주도 분명히 존재할 것이기 때문이다. "다중우주, 평행우주, 초끈이론, 엠이론, 블랙홀, 암흑에너지, 웜홀……. 엄마, 엄마, 엄마 하는 대신에 웜홀, 블랙홀, 또 다른 우주, 아주 많은 우주, 아주아주 많은 우주, 중얼거렸다."(26쪽) 1994년에 미래의 책과 조우하는 이 특별한 경험은 『벚꽃의 우주』의 서사가 인간의 경험을 재현하고 있는 것이 아니라 우주의 서사를 재현하고 있다는 사실을 분명하게 알려주는 증거가 된다.

마치 『평행우주』의 문자가 별로 이항하는 것처럼 『벚꽃의 우주』에 등장하는 인물들의 인생을, 그들의 존재를 일종의 '소우주小宇宙'로 이해한다면[5], 민혁과 미라의 결혼 이후 민혁의 인생 주위를 공전하며 불행의 위성처럼 머물던 친구들이 왜 미라의 주변으로 모여드는지 이해하는 것도 가능하다. 아인슈타인에 의하자면 "시간과 공간은 소극적인 구경꾼이 아니라 자연현상에 매우 적극적으로 개입하면서 자연을 만들어가는 주체"이다.[6] 흔히 매트리스 위에 놓인 볼링공으로 비유되는 것처럼, 보다 무거운 질량의 물체는 평면을 왜곡시키고 휘어지게 만들며 그 공간에 놓인

---

5) 이렇게 보자면, 성인이 된 미라와 다시 조우하게 된 엄마의 옛 약혼자가 왜 그토록 말없이 미라의 삶을 바라보는 태도를 취하는지, 그의 별칭이 왜 "천문대"인지는 쉽게 납득이 될 것이다.
6) 미치오 카쿠, 앞의 책, 72쪽.

다른 사물들을 자신의 주변으로 공전하게 만든다. 민혁은 미라와 결혼하며 자신의 참담한 기억을 털어놓고, 그 "비밀"(82쪽)을 잃은 자신이 결코 미라의 의지를 꺾거나 행동을 저지할 수 없다고 말하는데, 이는 미라의 중력에 민혁의 공간이 휘어졌고, 민혁의 주변을 맴돌던 불행의 표지들이 미라의 주변으로 서서히 몰려가게 되는 것으로 서사화되는 것이다.

4. Mother Universe

우리가 살고 있는 이 시공간이 유일한 것도 아니고, 이를 관장하는 절대적인 법칙이 존재하지도 않는다면, 광대한 우주 앞에 놓인 먼지와 같은 인간에게 누구도 삶의 의미나 목적을 알려주지 않는다면, 우리의 삶은 어디로 가야 하며 어디에서 진정한 의미를 찾을 수 있을까. 미라가 암송하는 단 하나의 문장처럼 우주가 "어떠한 계획도 없고 목적도 없으며 선이나 악도 존재하지 않"고,

"모든 것에 무관심한 채 주어진 법칙에 따라 운영되고"(196-197쪽) 있다면, 이 무심한 우주의 서사 앞에서 인간은 어떻게 자신의 이야기를 만들어야 하는 것인가.

미라가 읽은 책의 단어들이 하나의 별로 이항되고, 그들의 체계가 우주의 법칙으로 이해될 수 있다면, 『벚꽃의 우주』를 구성하는 많은 단위들 역시 각각의 '소우주'로, 그들의 만남과 갈등을 그 거대한 우주의 규칙으로 보는 것 또한 가능해진다. 이렇게 본다면, 『벚꽃의 우주』의 인물 중 천문대로 호칭되는 미라 엄마의 옛 연인에게 특별한 의미가 부여되는 것을 알 수 있다. 천문대는 자신의 별칭처럼 낚시질을 하는 미라의 엄마 모습에 반한다. 그리고 그 순간을 "우주의 선" "사람의 몸이 우주와 함께 만들어낼 수 있는 가장 완벽한 아름다움"(20쪽)으로 표현하며 미라의 비웃음을 산다. 교통사고 이후 오랜 시간이 지났지만 천문대는 폐허나 다름없어진 빈집에 꽃을 가꾸며 살아간다. 그리고 미라의 모든 죄를 끌어안고 죽음을 선택한다. 평행우주의 모습처럼 "난분분"한 『벚꽃의 우주』의 서사에서, 각기 다른 우주의 모든 국면에서 천문대는 변함없는 모습으로 등장하며, 미라를 말없이 바라보거나 그녀를 한결같은 태도로 대한다. 미라는 천문대에게 이렇게 말한다. "아저씨는 아시잖아요. 사랑이라는 걸……. 그걸 모르는 사람이 어떻게 그렇게 오랜 세월 꽃을 심을 수 있었겠어요. 그 꽃을 어떻게 그렇게 예쁘게 피어나게 할 수 있겠어요. 아저씨는 아직도 그리워하고 있는 거잖아요."(165-166쪽) 미라의 말처럼, 천문대의 사랑은 무수한 우주의 시공간에서도 그를 변하지 않게 하는 유일한 감정이며, 그의 강렬한 의지이다.

유일한 감정이자 의지인 사랑. 그것이야말로 인간이 거대한 우주에서 발견한 최소한의 법칙이다. 미라는 평행우주가 만들어주는 다양한 삶의 국면을 상상하며 이렇게 말한다. "다시 산다고 해도 나는 우리 수온이를 태어나지 못하게 하는 어떤 선택도 하지 않을 거니까요. 그러려면 나는 다시 태어나도 다시 민혁이라는 남자를 사랑해야 하잖아요. 또 미친 듯이, 또 온 마음으로, 내 운명을 다 바쳐서 사랑해야 하는 거잖아요. 사랑이란 건, 그런 거잖아요."(197쪽) 미라가 수온을 잉태하는 순간에 "UFO"를 목격하고, 소설의 마지막 장면에 죽어가는 벚나무 아래에서 UFO에 오르는 수온을 바라보는 것처럼, 사랑은 인간의 유일한 의지이며, 그렇게 태어나는 우리의 아이는 우주적 의미의 만남이며, 사랑이라는 의지의 유일한 재현이다. 인간은 사랑으로 우주의 덧없음과 고독을 견디는 존재이다.

작가의 말

이 이야기를 쓰고 있는 동안 내가 있던 곳은 어느 우주의 어떤 집이었을까.

세상의 모든 꽃들과 그 꽃들의 세계와. 여기, 쓸쓸한 사람들. 사랑하는 사람들. 거기에 있는데 거기에 없는 사람들. 누군지 모를, 어디에 있는 줄 모르는 그들을 생각한다.

벚꽃의 우주

지은이 김인숙
펴낸이 김영정

초판 1쇄 펴낸날 2019년 4월 25일
초판 2쇄 펴낸날 2019년 10월 18일

펴낸곳 (주) **현대문학**
등록번호 제1-452호
주소 06532 서울시 서초구 신반포로 321(잠원동, 미래엔)
전화 02-2017-0280
팩스 02-516-5433
홈페이지 www.hdmh.co.kr

ⓒ 2019, 김인숙

ISBN 978-89-7275-987-4 04810
      978-89-7275-889-1 (세트)

* 책값은 뒤표지에 있습니다.
* 이 도서의 국립중앙도서관 출판예정도서목록(CIP)은 서지정보유통지
  원시스템 홈페이지(http://seoji.nl.go.kr)와 국가자료공동목록시스템
  (http://www/nl/go/kr/kolisnet)에서 이용하실 수 있습니다.
  (CIP제어번호: CIP2019014768)